Pierre Kretz wurde 1950 in einem »Sünderdorf« im Elsass geboren. Studierte in Straßburg und Saarbrücken Jura. Gab den Anwaltsberuf mit seinem 50. Geburtstag auf, wollte nicht mehr nur nebenbei, sondern wollte »richtig« schreiben: Inzwischen liegen von ihm mehrere Theaterstücke vor, auch ein großer Essay »La Langue perdue des Alsaciens« (1995) sowie die beiden sehr erfolgreichen Romane *Quand j'étais petit, j'étais catholique* (2005) und *Le Gardien des âmes* (2009), beide verlegt von La Nuée Bleue / DNA in Strasbourg.

Irène Kuhn lebt heute bei Avignon und in München, ist aber gleichfalls im Elsass geboren, auch sie war einmal klein und katholisch. Freilich ist sie in Straßburg, also »in der Großstadt« aufgewachsen, hat Germanistik studiert, hat in München und Straßburg gelehrt, ist Mitbegründerin eines Studiengangs »Literaturübersetzen« in Straßburg. Inzwischen hat sie für große deutsche und französische Verlage mehr als hundert Bücher in beide Sprachen übersetzt.

Pierre Kretz

Der Seelenhüter

Roman

Aus dem Französischen von Irène Kuhn

KRÖNEREDITION**KLÖPFER**

*Die unmittelbaren Umstände sind entscheidend
für das gesprochene Wort,
aber die Worte, die wir schreiben, kommen von weit her.
Wir haben sie auf Lager, hinter uns,
es ist ein großer, leichter Sack voller Schatten, den wir mitschleppen.
Es braucht keine Eingebung, um aus diesem Sack etwas herauszuholen:
Wir brauchen uns nur umzudrehen.*

BERNARD PINGAUD

Kapitel 1

MAN SOLLTE NICHT VON MIR VERLANGEN, dass ich in einem Haus ohne Keller lebe. Ich frage mich, wie Leute überleben können in solchen Behausungen. Ich könnte das nicht, wirklich nicht.

Diese Unfähigkeit wurde mir vererbt. In meiner Familie hätten sie es abgelehnt, in einem herrlichen Schloss inmitten eines Parks umsonst zu wohnen, wenn dieses Schloss einen nicht gut zu machenden Mangel aufgewiesen hätte: kein Keller! Die Häuser im Weinbaugebiet, selbst die der einstmals armen Leute, sie haben alle Keller, sehr hohe Keller, denn darin mussten die großen Eichenfässer untergebracht werden. Deshalb haben bei mir zu Hause in Heimsdorf alle Häuser einen Keller. In der Riedebene oder im Gebirge sieht das anders aus. Dort können die Leute auf Keller verzichten, was aber kein Opfer ist, denn im Ried wären die Keller jedes Mal überflutet, wenn das Grundwasser steigt, und im Gebirge ist es oft zu mühsam, im Felsen zu graben.

Tante Anna und Onkel Paul, die mich nach dem Krieg aufgenommen und großgezogen haben, als wäre ich ihr eigenes Kind, hatten Freunde, die Schrankenwärter waren. Die Schrankenwärter sind schon lange durch Brücken ersetzt. Ihre Häuschen neben den Schienen sind inzwischen meist baufällig und verlassen. Das Ehepaar bewohnte eines dieser winzigen Häuschen, ganz dicht an der Tag und Nacht sehr befahrenen Bahnlinie Straßburg-Basel. Jedes Mal, wenn ein Zug vorbeirauschte, vibrierte das ganze Gebäude und in der Küche wurde es plötzlich dunkel, weil die Waggons, die an der Fassade entlangrasten, das Tageslicht verdrängten. Alle zwei Sekunden zuckte in dieser engen Küche, die zugleich auch Wohn- und Esszimmer war, eine Art Blitzlicht auf. Es war das Licht, das sich zwischen zwei Wagen durchmogelte. Manche Züge waren außergewöhnlich lang, besonders diejenigen, die Kali transportierten in stählernen Waggons, die man an ihrer eigentümlichen Trapezform erkannte. Die Frau des Schrankenwärters nannte sie *Doodawajala*, kleine Leichenwagen.

Wenn die Züge vorbeifuhren, verstummten die Gespräche. Und wie in einem Stummfilm saßen wir um den Tisch herum und schauten uns an, während es im Zwei-Sekunden-Takt blitzte. Diese Momente waren für meinen Onkel sehr störend, weil er gerne Geschichten erzählte und die Schrankenwärter, die tagelang allein waren und mit niemandem reden konnten, sich freuten, die neuesten Nachrichten aus Heimsdorf zu hören, wo immer ganz außergewöhnliche Dinge passierten. Die Szene dauerte, bis sich die metallische Musik des letzten Wagens entfernte, und sie begann von Neuem, wenn der nächste Zug kam, den ein schrilles Bimmeln ankündigte.

Um in ihr Zimmer im ersten Stock zu gelangen, mussten die Kinder der Familie sommers wie winters über eine eiserne Außentreppe hochsteigen. Das Leben in solchen Häusern war derart schwierig, dass kein Mensch auf die Idee kam, da einzuziehen, nachdem die Menschen durch Brücken ersetzt worden waren. Nun, all das störte meinen Onkel und meine Tante nicht. Aber worüber sie geradezu schockiert waren – und was sie diesem Schrankenwärterehepaar nie anzuvertrauen wagten, aus Furcht sie zu kränken – das war schlicht die Tatsache, dass es keinen *Kaller* gab. Mit anderen Worten, dieses Haus war unbewohnbar.

Woher kam dieses nicht zu unterdrückende Bedürfnis, unter ihren Füßen jene Kühle zu wissen, die zu jeder Jahreszeit dem gestampften Boden eines Kellers entsteigt? Hatte es damit zu tun, dass sie am Ende des letzten Krieges, als auch im Elsass Bomben fielen, sehr froh darüber gewesen waren, sich mit den Nachbarn dort hinunterflüchten zu können?

Tante Anna erzählte oft, dass in einer dieser Nächte im Keller des Heimsdorfer Hauses alle von einem schrillen Schrei aufgeschreckt worden waren. Eine Ratte hatte versucht, sich das Kopfkissen mit meiner Mutter zu teilen. Meine Tante fand diese Geschichte lustig. Ich war gerade mal vier Jahre alt, als im Winter 1944 die Bomben auf Heimsdorf fielen. An diesen Schrei erinnere ich mich nicht, aber Tante Anna hat so oft davon erzählt, dass er sich schließlich in mein Gedächtnis eingegraben hat.

Meine Verwandten spürten wohl, dass die besondere Stimmung, die in den Kellern herrscht, geeignet ist, die Gespenster der Vergangenheit zu hüten, *ihrer* Vergangenheit jedenfalls. Vielleicht waren sie der Meinung, dass es in jedem Haus einen vor allzu grellem Licht geschützten Ort geben müsse, um die Geheimnisse des Lebens zu hüten. Schließlich horteten sie da, im Halbdunkel ihres Kellers, seit eh und je die Rüben und die Kartoffeln aus ihrem Garten, dazu die *Chrischtkindler*, jene länglichen roten Äpfelchen, die sich bis Weihnachten und sogar länger hielten. Ich habe mich auch gefragt, ob ein Keller mit seiner schweigsamen Ruhe für sie nicht eine Art Vorzimmer des Todes war. Der Übergang von »oben«, dem Leben bei Licht, zur Erde, dem Schattenreich, wo man früher oder später sowieso landet.

Aber warum werden solche fixen Ideen von Generation zu Generation weitergegeben? Mag sein, dass ich den Schrecken meiner Mutter geteilt habe in jener Nacht, als sie so laut schrie. Aber ist das ein Grund dafür, dass ich mehr als fünfzig Jahre später noch immer nicht in einem Haus ohne Keller leben kann? Eigentlich hätte diese mütterliche Panik mich gegen alle Keller allergisch machen müssen. Aber was geschieht, ist genau das Gegenteil.

Eines Tages habe ich an einer Landstraße angehalten, um in einem Motel zu übernachten. Natürlich waren die Zimmer im ersten Stock alle besetzt. Also musste ich mich mit einem Zimmer zu ebener Erde zufriedengeben. Sie können sich sicher denken, dass die Architekten, die heutzutage derlei Örtlichkeiten entwerfen, keine Ahnung haben von der Einstellung meiner Familie zu kellerlosen Häusern. Nun denn, ich habe sehr schlecht geschlafen in diesem Motel!

Wenn ich früher, als ich noch ein normales Leben führte, bestimmten Freunden von solchen Problemen erzählte, spürte ich, dass sie mich mit erstaunten Blicken bedachten. Manchmal flüsterte mir einer zu:

»Du solltest mal einen Mann vom Fach konsultieren. Ich bin sicher, dass da was dahintersteckt, hinter dieser Kellergeschichte!«

Ich habe es nie jemandem erzählt, aber ich suche schon seit langem einen »Mann vom Fach« auf, jeden Dienstag um elf. Wenn ich im Folgenden mal von einem Monsieur Jemand erzählen sollte, dann wissen Sie, dass es sich um den Mann handelt, mit dem ich »an mir arbeite«, wie man so schön sagt.

Kapitel 2

ICH WAR ZWÖLF, als am Anfang des Winters 1952 meine Mutter starb. Man hatte mir nicht gesagt, woran. Ich wusste nur, dass sie in Rouffach gestorben war, im »Irrenhaus«. Eines Tages hatten mich Onkel Paul und Tante Anna dorthin mitgenommen. Wir waren durch lange Gänge marschiert, einem Mann im weißen Kittel hinterher, der jedes Mal, wenn wir vor einer neuen Tür standen, viel Zeit damit verbrachte, den richtigen Schlüssel ausfindig zu machen. In einem kleinen Raum haben wir schweigend gewartet. Ich erinnere mich an den intensiven Geruch nach Bohnerwachs und an das Ticken der alten Standuhr.

Und dann kam meine Mutter herein. Seit diesem Tag weiß ich, warum man von jemandem sagen kann, dass sein Blick »leer« ist. Sie hat ihre blauen Augen auf mich gerichtet, ohne mich zu sehen. Ich hatte das Gefühl, ich sei durchsichtig, sie blicke mit halbem Interesse auf eine Szene, die hinter mir stattfand. Sie hat eine schlaffe, leicht feuchte Hand nach mir ausgestreckt, dann hat sie sie wortlos auf meinen Haarschopf gelegt. Das Ticken der Standuhr wurde ohrenbetäubend; meine Mutter sah mich an, ohne mich zu sehen. Ihr Gesicht war reglos, ihr Blick leer. Das war das letzte Mal, dass ich sie gesehen habe.

Schweigend haben wir das Krankenhaus verlassen, der Weg war von Platanen gesäumt. Tante Anna hielt mich bei der Hand. Danach haben mich mein Onkel und meine Tante zu einer heißen Schokolade eingeladen, dazu gab's ein *Mannala*, ein Weckenmännchen mit Rosinenaugen. Am Abend habe ich im Bett geweint – lautlos, weil ich mit meinem Cousin Daniel ja im selben Zimmer schlief. Alle Nachbarn aus Heimsdorf, die am Ende des Krieges in unserem Keller Schutz gesucht hatten, erinnerten sich an die Schreie, die meine Mutter ausgestoßen hatte, als sie wegen der Ratte mitten in der Nacht aufwachte. Sie erinnerten sich nur undeutlich an das dumpfe Brummen der Bombenflugzeuge. Aber dieses Schreien einer Frau, die neben ihnen in einem abgedunkelten Kellerraum schlief, das hatten sie nicht vergessen. Ich habe oft gedacht, dass diese Ratte schuld war am leeren Blick meiner Mutter, als ich sie in Rouffach das letzte Mal sah.

Als sie starb, hatte niemand den Mut, es mir zu sagen. Es war Tante Anna, die mich eines Tages auf den Friedhof führte. Vor dem Grab, das über und über mit Blumen und Kränzen bedeckt war, hat sie mich einen Moment lang an sich gedrückt. Dann hat sie gesagt: »Siehst du, jetzt ist sie in den Himmel eingegangen. Ich bin sicher, dass sie da oben viel glücklicher ist.«

Vor ein paar Jahren habe ich auf dem Grabstein den Namen meines Vaters eingravieren lassen, mit dem Vermerk »Im Winter 1944–45 an der Ostfront verschollen«. Ich war zwei Jahre alt, als er in die Wehrmacht zwangseingezogen wurde. Ich habe keinerlei Erinnerung an ihn. Die einzige Erinnerung ist dieses Foto, das entstanden ist, als er das letzte Mal auf Heimaturlaub kam. Ich war wohl drei. Ich sitze auf seinem Schoß. Ich sehe nicht sehr fröhlich aus, eher so als ob ich mich fragen würde, was denn dieser Unbekannte von mir will.

Im Elsass gibt es Leute, die auf den Stein des Familiengrabs »Für Frankreich gefallen« eingravieren lassen. Das fand ich immer blöd. Man stirbt nicht für Frankreich in deutscher Uniform. Das ist jedenfalls meine Meinung. Und wenn ich angebe, dass er 1944–45 an der Ostfront verschollen ist, dann wird jeder verstehen, dass er in Russland gefallen ist.

Als Kind hatte ich den Eindruck, dass Krieg etwas war, was ausschließlich in Russland stattfand, in einem Land, das dazu bestimmt war, ein Riesenschlachtfeld zu sein. In allen Gesprächen der Erwachsenen hieß es immer wieder *gfàlle in Russlànd*, oder es hieß *en Gfangeschàft in Russlànd*. Als ob derlei Worte erfunden worden wären, um zusammenzupassen. Wenn ein Mann »gefallen« war, dann so gut wie immer in Russland, und wenn das Wort »Russland« fiel, dann folgte es fast immer dem Wort »gefallen«. Anstatt »gefallen« hieß es auch manchmal *ar esch nem heimkomme von Russlànd* – er ist aus Russland nicht mehr nach Hause gekommen. In dieser Formulierung lag eine gewisse Milde. Als ob der Mann, der dort zurückgeblieben war, aus geheimnisvollen Gründen beschlossen hätte, den Rest seiner Tage dort zu verbringen.

Im Blick, den die Leute auf mich richteten, hatte ich oft Mitleid gespürt, jenes Mitleid für den Sohn eines Mannes, der aus Russland nicht heimgekommen war. In Heimsdorf waren wir ein halbes Dutzend Halbwaisen, Söhne von Vätern, die nicht »heimgekommen« waren von dort. Bis in die sechziger Jahre lebte man mit der irrwitzigen Hoffnung, jene Männer wiederauftauchen zu sehen, die nie offiziell für tot erklärt worden waren. Man erzählte die Geschichte von Soldaten, deren Tod irrtümlich verkündet worden war. Es gab noch immer elsässische Gefangene in den sowjetischen Lagern. Hin und wieder wurden einige entlassen, tröpfchenweise. Der Letzte 1955, zehn Jahre nach Kriegsende. Aber keiner wollte daran glauben, dass es der Letzte war. Und selbst wenn die Russen gesagt hätten: »Schluss jetzt! Es gibt keine Elsässer mehr bei uns!«, man hätte ihnen hierzulande nicht geglaubt. Also hoffte man, träumte man weiter, dass es irgendwo, weit, weit weg in Russland Gefangenenlager gab mit Elsässern und Lothringern, die bald einmal in den Schoß ihrer Familie zurückkehren würden.

Bevor er nach Russland abrücken musste, hatte mein Vater einen Hund gehabt. Es war ein Deutscher Schäferhund, der Neva hieß und sehr alt wurde. Am Ende war er blind und lahm. Ich liebte ihn sehr, weil ich wusste, dass er der Hund meines Vaters war. Als Neva viele Jahre nach dem Krieg starb, wurde mir klar, dass mein Vater nicht mehr aus Russland zurückkommen würde.

Mein Vater hatte auch ein gutes Dutzend Obstbäume gepflanzt, die er sehr sorgfältig pflegte und beschnitt. Nach dem Krieg kümmerte sich Onkel Paul darum. Es war eben der Obstgarten seines Bruders. Oft nahm er mich mit, wenn er die Äste zurechtstutzte und die Stämme bepinselte. Wir schwiegen alle beide, weil wir wussten, dass im Obstgarten meines Vaters die Worte unnötig waren.

Im Lauf der Jahre wurden die benachbarten Parzellen immer mehr mit Reben bepflanzt. Ich bin beim Obstgarten geblieben, aller wirtschaftlichen Logik zum Trotz. Niemand hat mich je darauf angesprochen, denn jeder wusste, dass es der Obstgarten des Sohnes eines Heimsdorfer Mannes war, der aus Russland nicht *heimkomme esch*. Heute wäre mein Vater vielleicht aus Altersgründen nicht mehr am Leben, aber die Bäume, die er gepflanzt hat, sind noch immer da, imposant stehen sie inmitten der Weinberge. Wenn der Westwind die oberen Äste ein wenig in Richtung Russland beugt, könnte man meinen, sie winkten einen melancholischen Gruß hinüber.

Das Gefühl, dass Russland bedeutungsgleich war mit »Krieg«, wurde in meiner Familie noch verstärkt durch eine jener Geschichten, die in allen Familien erzählt werden. Die Geschichte von Aristide Le Guennec, einem Vorfahren, der auf dem Friedhof von Heimsdorf liegt. Auf seinem Grab steht zu lesen: »Aristide Le Guennec, soldat de Napoléon, 1785–1847« In der Familie wurde erzählt, dass er beim Russland-Feldzug dabei gewesen sei. Angeblich hatte er den Kaiser mehrfach ganz aus der Nähe gesehen. Eines Tages hatte er die Nase voll davon gehabt, kreuz und quer durch Europa zu stiefeln. Da er müde war, hat er in Heimsdorf Halt gemacht, wo er freundlich aufgenommen wurde, weil Aristide ein Bauernsohn war und weil gerade Erntezeit war. Er wurde auf einem Bauernhof angeheuert, und die Fortsetzung der Geschichte ist genau wie es in den Büchern steht: Nach der Ernte kam der zweite Heuschnitt, nach dem zweiten Heuschnitt kam das Pflügen und nach dem Pflügen hat er die Tochter des Bauern geheiratet, und das war meine Ur-Urgroßmutter. Er wurde *d'r Le* genannt, »der Le«, und wenn die Alten im Dorf vom Hof meines Großvaters sprachen, sagten sie immer *bim Le,* »beim Le«. Mit den Tieren sprach er ausschließlich Bretonisch, und die Tiere verstanden ihn. Es hieß, dass er oft von seinem Russland-Feldzug erzählte, und immer sagte er: »Russland kalt, kalt!«

Auf dem Friedhof von Heimsdorf verharrten die Leute in Andacht vor Gräbern, die teilweise von Gespenstern bewohnt wurden, Menschen, deren Namen in den Stein eingemeißelt, deren Leichen aber irgendwo in

Russland verscharrt worden waren. Die Gedanken wanderten weit weg, irgendwo hinter den Eisernen Vorhang, hinweg über den Stacheldrahtzaun, in die endlos weiten Ebenen, wo Tausende von Vätern, Brüdern, Ehemännern, Liebhabern lagen. Waren diese Ebenen fruchtbar? Pflügten die Kolchosebauern dort noch mit Pferden oder hatten sie schon Traktoren?

Als der Eiserne Vorhang fiel, bin ich sofort nach Russland gereist. Ich bin in die Stadt gefahren, von wo aus mein Vater seinen letzten Brief abgeschickt hatte. Ich habe die Schlachtfelder ausgemacht, wo die deutsche und die russische Armee gekämpft hatten, und ich habe das Massengrab herausgefunden, wo die deutschen Soldaten lagen.

Ich habe mich hinbringen lassen. Mein Führer hat mir ein riesiges, brachliegendes Feld gezeigt, wo lauter Müll lag: »Vermutlich war es hier. Das Gelände soll zum Parkplatz werden für den zukünftigen Supermarkt.«

Kapitel 3

WENN SICH DIE MÄNNER bei Familienfesten trafen, hatten sie ein ganz selbstverständliches Gesprächsthema: jeder erzählte von seinem Krieg. Die des Ersten Weltkriegs verglichen ihren Russland-Feldzug mit dem der Zwangseingezogenen des Zweiten. Häufig kramten sie einen Atlas hervor und schlugen ihn auf der Seite der russischen Ebenen auf: weitläufige grüne Flächen mit schnurgeraden Straßen, hie und da eine Stadt. Die Finger wanderten zu den Gegenden, wo sie jeweils gekämpft hatten.

Mein Großvater Theophil, der Vater meiner Mutter, hat seinen Krieg nicht erzählen können. Er war irgendwo in Russland geblieben, verscharrt in einem Massengrab inmitten einer endlos weiten Ebene, wo dann auch sein Sohn, Onkel Leo, im nächsten Krieg gekämpft hat. Onkel Leo hat die Schlacht bei Stalingrad mitgemacht, 1942–43. Er ist in einem miesen Zustand zurückgekehrt. Noch Jahre später wanderte er nächtelang in seinem Zimmer herum. Wir wussten, dass ihn die Bilder verfolgten, die er bis zu seinem Tod nicht mehr loswurde.

Für den Algerienkrieg stand nur ein einziger Name auf dem Gefallenendenkmal des Dorfes, für die beiden anderen Kriege war es jeweils eine ganze Liste. Hinzu kommt, dass dieser Kerl aus dem Dorf unter ganz dämlichen Umständen gestorben ist: Er hatte einen Unfall mit seinem Jeep, das hätte ihm genauso gut im Kasernenhof in Colmar passieren können. Seine Leiche wurde nicht in ein hastig gegrabenes Loch geworfen, wie in den Geschichten vom Vierzehner Krieg, die mir Großvater Mattern erzählte. Er wurde auf dem Friedhof im Dorf begraben, zur Totenfeier erschien der Präfekt. Überall wehten Fahnen, und es ertönte Militärmusik, wie man sie seither nie mehr gehört hat in Heimsdorf.

Die jungen Männer, die aus Algerien zurückkamen, waren für die Älteren, die die echten Kriege, die von früher, erlebt hatten, völlig uninteressant. Bei den Familientreffen durften sie kaum mitreden. Nach seiner Heimkehr aus Algerien saß mein Cousin Daniel schweigend am Tischende. Niemand stellte ihm Fragen über seinen Krieg, der doch kaum zu Ende war. Eines Tages hat ihm ein Alter aus der Familie, einer der im Ersten Weltkrieg gekämpft hatte, spöttisch zugerufen:

»Na, angeblich ist der Algerienkrieg für die Franzosen jetzt zum ›schmutzigen Krieg‹ avanciert! Da kann ich doch nur lachen! Hast du schon mal von einem sauberen Krieg gehört? Ich erinnere mich an einen deutschen Offizier, der uns am Tag, als wir eingezogen wurden, gesagt hat: »Dem Vaterland mit den Waffen zu dienen ist was ganz anderes, als Messdiener zu spielen. Vom heutigen Tag an solltet ihr gewisse Dinge, die man euch beigebracht hat, lieber vergessen.«

Ich sagte nichts. Für den Algerienkrieg hatte ich das passende Alter. Aber ich bin nicht dort gewesen – aus Gründen, die ich Ihnen später erzählen werde. Ich machte mich ganz klein in meiner Ecke. Ich glaube, ich schämte mich. Ich war der einzige Mann am Tisch, der bei keinem Krieg dabei gewesen war. Nicht einmal beim Algerienkrieg. Ich fragte mich, ob ich unter diesen Umständen ein richtiger Mann war. Daniel hingegen lächelte nur. Seinen Algerienkrieg hat er nie erzählt, aber ich spürte bei ihm eine Art Ekel vor allem, was mit dem Militär zu tun hatte. Er verließ die Runde, sobald die Alten den Atlas mit den endlosen grünen Ebenen hervorholten und mit ihren Geschichten loslegten. Kaum war das Essen zu Ende, stiegen wir auf seine Vespa und »drehten eine Runde«, wie er sagte. In Wirklichkeit wollte er nach dem Vespergottesdienst das junge Mädchen abholen, das dann auch seine erste Frau wurde. Sie »mussten« heiraten, wie man damals sagte, zur großen Schande meines Onkels Paul – aber das ist eine andere Geschichte.

Wenn Großvater Mattern, der Vater von Onkel Paul und Vater meines Vaters, seinen Vierzehner Krieg erzählte, war das etwas anderes. Er wusste instinktiv, dass ein Ereignis an sich uninteressant ist. Ein Ereignis wird erst dann zur Geschichte, wenn es erzählt wird, und zwar gut erzählt.

Eine seiner Lieblingsgeschichten war die mit dem Sauerkraut im Bahnhofsrestaurant von Metz, am Anfang des Krieges. Die Tatsache, die historisch nicht zu leugnen ist, dass er dieses Sauerkraut gegessen hat, ist nicht sonderlich interessant. Wichtig ist das Vergnügen, mit dem er seinen Enkelkindern von diesem Essen erzählte. Er hatte es mit unbeschreiblichem Genuss, aber auch mit Angst verzehrt. Vielleicht würde es ja sein letztes Sauerkraut sein. Was seine Erzählung jedoch endgültig auf die Ebene der Geschichte gehoben hat, das ist der gleitende Übergang dieses Genusses, genauer gesagt, seiner Erinnerung, in die Freude, sie fünfzig Jahre später seinem Enkel weiterzugeben.

Der Bahnhof von Metz ist für jeden anständigen Deutschenfresser der Prototyp wilhelminischer Architektur. Deren sichtbarste Zeugnisse in den 1918 wiedereroberten Provinzen hätten einige Leute seinerzeit am liebsten dem Erdboden gleichgemacht. Heute ist das Gebäude denkmalgeschützt, es wurde gerettet und es wird geschätzt, selbst wenn wenige Leute wissen, dass mein Großvater Mattern dort vor fast einem Jahrhundert eine *Choucroute* gegessen hat. Allerdings nehmen die Autofahrer es kaum wahr, denn die Straße taucht genau vor dem Zentralgebäude, wo mein Großvater sein Sauerkraut gegessen hat, in einen Tunnel.

Das letzte Mal, als ich vor der Fassade stand und an diese Geschichte dachte, habe ich nicht das Bauwerk gesehen, sondern einen aufgetürmten Teller mit Sauerkraut und einer Scheibe Schinken an der Stelle der Bahnhofsuhr und Speckscheiben an der Stelle der Fenster. Unzählige winzige Würstchen ersetzten die Ziegel ...

Ich wäre glücklich, wenn ich den Genuss nachvollziehen könnte, den Großvater Mattern bei diesem Gericht empfunden hat. Das fällt mir einigermaßen schwer, weil heutzutage alle Welt davon überzeugt ist, dass ein elsässisches Sauerkraut den Gipfel ungesunden Essens darstellt und dass der gegarte Speck, den sich mein Großvater auf der Zunge hat zergehen lassen, fortan als ein Gift zu betrachten ist, das alle Menschen, die es konsumieren, in Lebensgefahr bringt. Die seltenen Male, die ich mir eine Choucroute genehmigte, zu der Zeit, als ich noch in der Stadt lebte, ging ich inkognito in ein Wirtshaus weitab vom Zentrum, setzte mich in eine dunkle Ecke ganz hinten im Saal und schlang sie in unwürdiger Hast herunter, von der Angst verfolgt, eine vegetarische Freundin könnte sich just an dem Abend dahin verirren und mich dabei ertappen, wie ich mir mein eigenes Grab schaufelte.

Großvater Mattern kannte diese Art von Furcht nicht. Er war gerade an den ersten Militäraktionen bei Saarburg und Baccarat beteiligt gewesen und hatte dort mehrere Gräber schaufeln müssen, um darin ein paar tote Kameraden zu verbuddeln. Die Offiziere, die auf dem Feld der Ehre gefallen waren, hatten hingegen Anspruch auf eine Trauerfeier, die von einem katholischen oder protestantischen Pfarrer gehalten wurde. Aber vor den Angriffen, von denen man wusste, dass sie mörderisch waren, gab es häufig besondere Segnungen für alle – auf beiden Seiten der Front, vertraten die Militärpfarrer doch dieselben Konfessionen. Die kaiserliche Armee von Wilhelm II. hatte allerdings beim Thema Göttlicher Beistand versucht zu mogeln und den Wahlspruch »Gott mit uns« gewählt. Vermutlich hatte Gott diese einseitige Vereinnahmung nicht für sehr geschmackvoll gehalten ...

Dass Großvater dieses Sauerkraut mit soviel Genuss verspeist hatte, hat sicherlich auch damit zu tun, dass es ihm half, seine ersten Wochen an der Westfront zu vergessen, wo er doch gerade unterwegs ins Unbekannte war: zur Russlandfront.

Vielleicht wundert man sich, dass er sich im Ersten Weltkrieg in Metz hat befinden können, also an der Westfront. Wenn ich von »Westfront« spreche, dann ist das natürlich von der deutschen Seite aus betrachtet, denn unsere Großväter, und später auch unsere Väter, haben die deutsche Uniform getragen. Die Deutschen, die den Elsässern nicht so ganz trauten, weil sie ja zum Feind überlaufen konnten, schickten sie lieber an die Ostfront, das heißt nach Russland. Aber die Sauerkraut-Episode fand ganz zu Beginn eines Krieges statt, in dem die Soldaten sich noch langsam fortbewegten, die einen zu Fuß, die anderen zu Pferd. Also wurden die Elsässer und die

Lothringer zunächst einmal in die Nähe ihrer Heimat geschickt, an die Westfront. Die Verlegung an die Ostfront kam später, als die Befürchtungen, sie könnten zu den Franzosen überlaufen, sich bewahrheiteten.

Großvater Mattern kam nicht in Versuchung, zu den Franzosen zu flüchten. Er sprach kein Wort Französisch, und was er am meisten fürchtete, war nicht etwa das Todesurteil, das er sich dann sowieso eingeheimst hätte, seine allergrößte Furcht war, dass er, falls Deutschland siegen würde, nie wieder einen Fuß nach Heimsdorf würde setzen können, wo doch seine Frau und seine Kinder lebten, wo seine Felder und sein Vieh auf ihn warteten. Heimsdorf, wo seine Apfelbäume standen, die er kurz vor dem Krieg gepflanzt hatte.

Kapitel 4

DIE LEUTE VON HEIMSDORF machen sich Sorgen um mich. Ich hab es schon gesagt, ich habe immer großes Mitleid gespürt in den Blicken, mit denen sie den kleinen Jungen bedachten, dessen Vater nicht aus Russland zurückgekehrt und dessen Mutter im Irrenhaus gestorben war. Ihre Sorge wuchs an dem Tag, an dem ich erklärt habe, dass ich an einem Grundstück in der neuen Siedlung von Heimsdorf nicht interessiert sei. Viele andere wollten sich dort fürs Leben einrichten. Ich hatte dazu keine Lust.

Sie wussten, dass ich der Vater eines 1968 geborenen Jungen namens Nicolas war. Sie wussten auch, dass ich nicht sehr lange mit seiner Mutter zusammengelebt hatte, aber das ist eine andere Geschichte. Eine Geschichte, die hier nichts zu suchen hat.

Solange ich in der Stadt wohnte und dort arbeitete, solange ich zur Weinlese, zum Dorffest und zum Feuerwehrfest ins Dorf kam, war der Anschein gewahrt. Erst als ich nach dem Tod von Großvater Mattern beschlossen habe, das alte Haus zu übernehmen, fingen viele an, sich Sorgen zu machen.

»Ist dir denn klar, worauf du dich da einlässt: dieses große Haus für dich allein? Und die ganzen Renovierungsarbeiten! Allein die Scheune, die demnächst zusammenbricht, wenn nicht der Dachstuhl erneuert wird. Bist du denn sicher, dass du all diese Arbeiten finanzieren kannst?«

Ich war sicher, dass ich überhaupt nichts würde finanzieren können, denn meinen Entschluss, mich in Heimsdorf im Haus meiner Vorfahren niederzulassen, hatte ich im gleichen Moment gefasst wie den, nicht mehr zu arbeiten und mich fortan ausschließlich meinen Forschungen zu widmen, Forschungen über den Zusammenhang zwischen unserem Familienroman und der Europäischen Geschichte des 20. Jahrhunderts. Es genügte übrigens, wenn ich sagte: »Es ist das Haus meines Großvaters, das Haus, in dem ich geboren bin« – danach stellte man mir keine Fragen mehr.

Die Leute nahmen nur die Außenseite meiner Lebensentscheidungen wahr. Der Einzige, der die Irrungen und Wirrungen dahinter kannte, das war Monsieur Jemand. Er äußerte sich nicht dazu, natürlich nicht, aber zumindest lag er mir nicht in den Ohren mit dem Dachstuhl der Scheune. Und ich wusste, dass er der einzige Mensch war, der für die tiefere Logik meiner inneren Verpflichtungen Verständnis hatte.

Jahrelang habe ich lediglich die Küche und die *Stub* bewohnt, die auf den Hof hinter dem riesengroßen Haus schauen. Auf der Straßenseite habe ich alle Läden geschlossen. Die vor dem großen Tor zum Innenhof wachsenden Brennnesseln bezeugen, dass es nie mehr geöffnet wird. Hin und wieder schieben Fremde die kleine Eingangstür auf. Da sie die geschlossenen Läden und den völlig verwilderten Garten sehen, glauben sie, das Haus stehe zum Verkauf.

In einer Ecke der riesigen Küche gibt es eine Falltür, über eine Holztreppe gelangt man in den Keller. Dort hatte ich als kleines Kind mit den Leuten der Nachbarschaft Schutz gefunden: in dem Keller, in dem meine Mutter wegen der Ratte geschrien hatte.

Nur selten verlasse ich das Haus, und es besuchen mich nur Leute, die wissen, dass sie willkommen sind. Jahrelang hat mir der Dorfbäcker zweimal die Woche einen Laib Brot hinter einen Fensterladen gelegt, den ich offen ließ. Das Geld legte ich in einen Umschlag auf dem Fenstersims ab. Und meinen Laib Brot fand ich sogar dann vor, wenn ich ihn nicht bezahlen konnte. Nun ist dieser Bäcker plötzlich gestorben. Außer am Dienstagmorgen verlasse ich das Haus nur selten. Trotzdem habe ich beschlossen, zur Beerdigung des Mannes zu gehen, der mir zweimal die Woche einen Laib Brot hinter den Fensterladen gelegt hat, selbst dann, wenn ich ihn nicht bezahlen konnte.

Das war also ein Mann, der sein Leben damit verbrachte, Brot zu backen. Gutes Brot, das kann ich bestätigen. Gesehen habe ich ihn nicht oft, weil ich immer schlief, wenn er den Laib Brot hinter den Fensterladen legte. Aber ich bin sicher, dass man seinen Beruf lieben muss, wenn man so gutes Brot macht, wie er es getan hat. Weil er jahrelang mitten in der Nacht aufgestanden ist und sich dann ausgeruht hat, wenn andere sich von der Sonne bescheinen ließen, war er so blass wie die meisten Leute seines Berufsstandes. Ob Sie mir nun glauben oder nicht, kein einziges Mal hat der Pfarrer während der ganzen Veranstaltung erwähnt, dass dieser Bäcker mehr als dreißig Jahre lang Baguettes, Croissants, Hochzeits- und Kommunionstorten für ganz Heimsdorf hergestellt hatte. Er hat ihn als fromme Säule der Gemeinde dargestellt, wo doch die Religion seine allerletzte Sorge und er hauptsächlich ein Mann gewesen war, der Brot machte. Während der Trauerfeier habe ich versucht zu schätzen, wie viele Brote er in seinem Bäckerleben in den Ofen geschoben hatte, aber es ist mir nicht gelungen, denn ab einer bestimmten Anzahl von Nullen kann ich nicht mehr rechnen. Dabei musste ich an eine andere Beerdigung denken, bei der ich gewesen war, als ich noch in der Stadt wohnte, die Beerdigung eines eher dubiosen Menschen, den alle Welt Jimmy nannte, was sicher nicht sein richtiger Name war. Ich weiß nicht, ob Jimmy eine so zwielichtige Gestalt war, wie manche es behaupteten, er war jedenfalls sympathisch und ihm in den Kneipen zu begegnen, war mir ein Vergnügen, weil er oft allen eine

Runde zahlte. Und Jimmys Runden nahm man an, ohne sich zu fragen, woher sein Geld kam. Ich fühlte mich wohl mit diesen Kumpeln, genau deshalb, weil nie jemand Fragen stellte. Ich habe es nie gemocht, wenn man mir welche stellte: ich verbringe genügend Zeit damit, dass ich mich selbst befrage.

Bei Jimmys Beerdigung waren wir alle da, um ihm zu danken. Einige hatten seit Jahren keine Kirche mehr betreten, das sah man an dem neugierigen Interesse, mit dem sie dem Gottesdienst folgten. Aber als der Pfarrer über unseren Freund Jimmy zu reden begann und ihn zum Fast-Heiligen erklärte, da haben wir uns alle angesehen und gelächelt. Danach in der Kneipe haben wir Cynar getrunken, Jimmys Lieblingsaperitif. Wir haben uns zugeprostet und gelacht, weil wir sicher waren, dass Jimmy auch gelacht hätte, wenn er die Predigt des Pfarrers gehört hätte.

Ehrlich gesagt, mir wäre es unangenehm, wenn man mich bei meiner Beerdigung für einen Typen erklären würde, der ich gar nicht war, für einen erzfrommen Menschen oder einen Halbheiligen zum Beispiel. Schließlich weiß ich doch ganz gut, dass ich weder das eine noch das andere bin. Und ich lege großen Wert darauf, dass die Leute, die an diesem Tag anwesend sein werden, sich auch darüber im Klaren sind, wen sie begraben: einen Typen, der nicht sonderlich mutig war, der unfähig war, sich ein Häuschen in der neuen Siedlung von Heimsdorf zu bauen, einen Typen, der keinen Krieg mitgemacht hat, anders als seine Vorfahren, von denen einige in Russland geblieben sind, anders sogar als sein Cousin Daniel, der immerhin im Algerienkrieg war. Also habe ich diesbezüglich ein paar Anweisungen hinterlegt, denn auch wenn ich nicht sicher bin, dass meine Scheune zu meinen Lebzeiten zusammenbricht, wie es alle Welt voraussagt, so bin ich doch hundertprozentig sicher, dass ich eines Tages sterben werde.

Kapitel 5

Letzten Dienstag habe ich Monsieur Jemand darauf hingewiesen, dass ich beim Tod meines Vaters vier Jahre alt war. Soeben wird mir bewusst, dass auch mein Sohn Nicolas vier Jahre alt war, als seine Mutter mir quasi verboten hat, ihn zu sehen. Sie hatte ihre Gründe. Ich hatte einen Unfall verursacht, und Nicolas saß hinten im Wagen. Und zu allem Unheil hatte ich an dem Tag getrunken. Egal: sie hat mir das Leben schwer gemacht. Sie hat sogar den Unterhalt verweigert, den ich für meinen Sohn zu zahlen bereit war, das will einiges heißen.

Dem Herrn Jemand habe ich vergangenen Dienstag nichts über Nicolas erzählt. Ich habe ihm nur gesagt, dass meine Lebensgeschichte aufgehört hat, als ich vier Jahre alt war, und dass ich aus diesem Grund meine Erinnerungen aus anderen Leben schöpfe, Leben, die sich vor meinem eigenen abgespielt haben. Ich habe ihm auch gesagt, dass ich eine Vorliebe für banale Existenzen habe, meines Erachtens die einzigen, die historisch unverfälscht sind.

Die meines Onkels Paul ist authentisch gewesen. Leider kann man sein Leben nur chronologisch erzählen. Das ist schade, denn chronologische Ordnung erzeugt Langeweile, das weiß ich wohl. Aber bei Onkel Paul kann man unmöglich anders vorgehen.

Er wurde 1913 als Deutscher im Reich von Wilhelm II. geboren, genau ein Jahr vor meinem Vater. 1918 ist er Franzose geworden, und 1940 wieder Deutscher. 1945 ist er erneut Franzose geworden. Ziemlich erstaunlich ist nur, dass er gegen Ende des 20. Jahrhunderts, als er starb, immer noch Franzose war. Seine Großeltern hatten ihn noch überboten. Unter Napoleon III. waren sie als Franzosen zur Welt gekommen, 1871 waren sie Deutsche geworden, 1918 wieder Franzosen, dann Deutsche 1940. Es heißt, dass mein Urgroßvater Emil, als er 1945 seine allererste – französische – Staatsbürgerschaft wiedererlangte, ähnlich wie ein Weltenbummler, der nach langer Zeit in den heimischen Hafen zurückkehrt, gesagt hat: »*So, jetzt längt's àwer!*« – »So, jetzt reicht's aber!« Onkel Paul hatte demzufolge eigentlich keinen Grund zur Klage. Als er starb, hatte er innerhalb von siebenundzwanzig Jahren nur dreimal die Staatsangehörigkeit gewechselt, was die Banalität seines Lebens bestätigt.

Anfang 1919 lernte er die Schule des republikanischen Frankreich kennen. Im kompromisslosen Einheitsstaat gab es nur eine offizielle Sprache: die französische. Aber es gab auch ein entscheidendes Problem: Leute, die sie sprachen, waren im Elsass kaum noch anzutreffen. Seit 1870/71, das heißt innerhalb von zwei Generationen, hatten die Deutschen das Nötige getan, um die Elsässer von der französischen Sprache abzubringen. Es gab keine Lehrer mehr, die sie hätten unterrichten können. Also hat man elsässische Lehrer zur Umschulung ins so genannte innere Frankreich geschickt, wo man versucht hat, ihnen Grundkenntnisse einer Sprache einzutrichtern, die ihnen total fremd war, die sie aber fortan unterrichten sollten.

Mein Großonkel Ignaz war ein Lehrer dieser alten Generation, der im deutschen Schulsystem von vor 1914 ausgebildet worden war. 1918 wurde er wie alle seine Kollegen, von denen keiner ein Wort Französisch sprach, Volksschullehrer der Französischen Republik.

»Stellt euch nur mal einen Augenblick vor«, erzählte er, »dass Korsika holländisch wird und dass die korsischen Kinder von heut' auf morgen Holländisch lernen müssen in der Schule. Ahnt ihr, wo das Problem liegt? Natürlich gäbe es keinen Lehrer auf der Insel, der in dieser Sprache unterrichten könnte. Man würde die korsischen Lehrer nach Amsterdam schicken, damit sie Holländisch lernen, und nach Korsika würde man holländische Lehrer schicken, damit sie die korsischen, die in Amsterdam sind, vertreten … Könnt ihr euch das vorstellen? Genau so wurde ich nach Dijon geschickt, um Französisch zu lernen.«

Onkel Ignaz sprach nur Elsässisch. Ich habe immer gedacht, dass bei ihm das Aufpfropfen der neuen Sprache nicht so funktioniert hatte, wie es sollte. Er sagte, er habe bis zu seiner Pensionierung nie ohne Wörterbuch unterrichtet, wobei allerdings sein Schulrat sich im Französischen noch schwerer getan habe als er selbst.

Monsieur Schiebler, der Volksschullehrer von Heimsdorf, war zum Spracherwerb auf die andere Seite der Vogesen abkommandiert worden. Bei Schulbeginn, im Oktober 1919, wurde ein frischgebackener Lehrer vom Seminar in Marseille ins Dorf geschickt.

In der Knabenschule saßen um die fünfzig Buben von 7 bis 14 Jahren in einem Klassenzimmer zusammengepfercht und erwarteten ihn zum ersten »republikanischen« Schulanfang in Heimsdorf. Es war auch der Tag der Einschulung für meinen Vater und seinen größeren Bruder Paul; gemeinsam lernten sie den Geruch der Dorfschulen kennen, eine subtile Mischung aus Stallmief, Schweiß, Tinte und Kreidestaub.

Man hatte viel geweint in Frankreichs Stuben über die letzte Unterrichtsstunde eines elsässischen Lehrers, als die Preußen 1871 die Provinz dem Vaterland roh entrissen hatten. Ein berühmter Kupferstich stellt ihn dar, wie er, sein Schluchzen unterdrückend, an die Tafel schreibt: »Der letzte Französischunterricht«. Von einem ebenso bedeutenden Ereignis, zwei Generationen später, wurde viel seltener gesprochen: vom Schulanfang 1919. Ich gehöre zu den wenigen, die jedes Detail darüber erfahren haben, weil mein Onkel ihn mir immer wieder geschildert hat: Dieser Schulbeginn 1919 in Heimsdorf war und blieb für ihn eines der prägenden Erlebnisse seines Daseins. Wenn er davon erzählte, hatte ich immer einen heimlichen Gedanken an meinen Vater, der ja in derselben Klasse gewesen war.

Bis zu diesem Zeitpunkt hatten sie nur bei zwei Gelegenheiten mitgekriegt, dass der Krieg zu Ende war. Am Tag, als ein sehr großer, hagerer, unrasierter, in Lumpen gekleideter Mann, den sie nicht kannten, den Hof betrat und sie fest in seine Arme schloss. Das war ihr Vater gewesen, Großvater Mattern, der aus Russland zurückkam, wohin er ausgezogen war, als seine Söhne noch Babys waren. Und etwas später, als die Tour de France 1919 durch Heimsdorf fuhr – wohl um zu unterstreichen, dass die Grenzen von vor 1870 nun wieder galten.

Der allererste Austausch zwischen den Knaben und ihrem neuen Lehrer, der schnurstracks aus dem Lehrerseminar in Marseille kam, lief problemlos.

»*Bonjour les enfants!*«, hatte er gesagt.

»*Booschur!*«, hatten die Buben geantwortet.

Es herrschte tiefes Schweigen, als der Lehrer an die Tafel schrieb: »*Je m'appelle Gonzague Jeaubredot*« (Ich heiße Gonzague Jeaubredot) und sich danach mit einem freundlichen Lächeln, selbstverständlich auf Französisch, wieder zur Klasse wandte:

»Wer von euch will den Satz vorlesen, den ich gerade an die Tafel geschrieben habe?«

Keiner der Schüler reagierte, denn keiner hatte die Frage verstanden. Und selbst wenn einer die Bedeutung eines einzelnen Wortes gekannt hätte, es hätte nichts geholfen: der Marseiller Akzent des neuen Lehrers versah die neue Sprache mit einer äußerst exotischen Melodie.

Daraufhin entschied sich Gonzague Jeaubredot für die Zeichensprache. Unter den größeren Schülern deutete er auf den »Freiwilligen«, der die seltsame Tafelinschrift vorzulesen hatte. Während im Schneckentempo und zögernd die ersten Worte hörbar gemacht wurden, konnte man zusehen, wie sich auf dem Gesicht des Lehrers Verzweiflung breit machte, so als würde man ihm zum Beispiel mitteilen, dass seine Frau soeben im Kindsbett gestorben sei. Er bewahrte jedoch seine Ruhe und schwieg, dann versuchte er wenigstens seinen Vornamen aus der Katastrophe zu retten.

»Gonnzack«, sagte der Schüler.

»Gonzague«, korrigierte der Lehrer.

»Gonnzack«, wiederholte der Schüler.

»Gonzague«, insistierte der Lehrer und versuchte, seinen Marseiller Akzent zu mildern.

Aber nun stand der Schüler vor der absoluten Hürde: dem Nachnamen *Jeaubredot*. Mit starrem Blick sah er auf das Wort an der Tafel, ohne den Mund auch nur einen Spaltbreit zu öffnen, ganz als hätte der Lehrer Hieroglyphen angeschrieben. In diesem Augenblick wurde Gonzague Jeaubredot das Ausmaß der Aufgabe klar, die ihn erwartete. Mit einem Wink forderte er den Schüler auf sich zu setzen.

Aus diesem ersten Vormittag zogen die Schüler einen bedeutsamen Gewinn: sie hatten den Spitznamen für ihren Lehrer gefunden. Fortan hieß er *Zickzack,* eine logische Ableitung aus *Gonnzack.* Der Lehrer seinerseits beschloss, sich ein Lehrbuch der deutschen Sprache zuzulegen. Aber das Ergebnis war für ihn enttäuschend, denn wenn er versuchte in Heimsdorf Deutsch zu sprechen, verstanden seine Gesprächspartner meistens kein Wort, oder wenn sie schließlich kapierten, was er meinte, brachen sie in lautes Gelächter aus.

Ich habe mir des Öfteren die Frage gestellt, wer von den beiden – Monsieur Schiebler, der zwecks sprachlicher Umschulung auf die andere Seite der Vogesen geschickt worden war, oder Gonzague Jeaubredot, der Mann aus Marseille, der zur gleichen Zeit nach Heimsdorf versetzt worden war – wer von den beiden der unglücklichere war. Genauso wie viele andere Fragen, die ich mir immer wieder stelle, ist diese vermutlich fehl am Platz: Schiebler war deutscher Soldat gewesen, Jeaubredot französischer Soldat. Beide hatten sie mehr als vier Jahre hindurch dem Tod ins Auge geschaut. Was sie gemein hatten, war das angenehme Gefühl, noch am Leben zu sein. Was sie interessierte, war das Leben.

Meinem Onkel war sehr bald klar geworden, dass es im Französischen den Buchstaben »o« gab, einen ganz einfachen Buchstaben, den man wie die Null schrieb, nur dass man oben rechts noch so ein Schwänzchen dranhängte. Dieser Buchstabe existierte übrigens in allen Sprachen, im Deutschen diente er zum Beispiel dazu, Gott zu preisen, »Großer Gott, wir loben dich«, im Elsässischen ließ sich damit fluchen, »*Oh Gottverdàmmi!*«. Überhaupt wurde dieser Buchstabe in der Kirche sehr häufig verwendet: *Ora pro nobis!*

Aber beim Namen *Jeaubredot* wurde die Sache kompliziert. Warum denn *drei* Buchstaben bemühen, um »o« zu sagen, wo doch einer genügen würde. Am Ende des Wortes kommt ja auch ein ganz normales »o« vor. Obwohl da noch ein völlig überflüssiges »t« dahintersteht, da man es ja nicht aussprechen darf. Das alles machte meinen Onkel sehr stutzig. Ich glaube, er war regelrecht fasziniert von Zickzacks Familiennamen. Und dementsprechend stolz war er am Tag, als er ihn fehlerlos hinschreiben konnte.

Seine Verwirrung war jedoch nicht mehr zu übertreffen, als der Landarzt sein Auto, eines der ersten in der Gegend, auf dem Dorfplatz parkte. Alle Kinder versammelten sich um den Renault herum – so der Name, der auf der Kühlerhaube zu lesen stand und den sie mühsam entzifferten. Mein Onkel nahm zur Kenntnis, dass das »ault« von Renault genauso ausgesprochen wurde wie das »eau« oder das »ot« von Jeaubredot, und daraus schloss er, dass die französische Sprache absichtlich so kompliziert war, nur um den Heimsdorfer Kindern das Leben zu erschweren.

Aber Zickzack bemerkte sehr bald die fehlerlosen Diktate des kleinen Paul, und er weckte planmäßig bei ihm die Berufung zum Lehrer – zur großen Enttäuschung des Dorfpfarrers, der es sehr gerne gesehen hätte, wenn er den Weg des bischöflichen Knabenseminars eingeschlagen hätte.

Kapitel 6

Ich glaube, ich habe Ihnen schon gesagt, dass ich jahrelang im riesengroßen Haus meiner Vorfahren nur einen Teil des Erdgeschosses bewohnte. Aber im vergangenen Sommer war es so heiß gewesen, dass ich auf die Idee kam, in meinen Keller umzuziehen. Es war ganz einfach: Ich brauchte nur meine Sachen durch die Falltür der Küche hinunterzubefördern. Bald schon habe ich beschlossen, mich endgültig da unten niederzulassen, denn schon in den ersten Tagen habe ich die positiven Auswirkungen des neuen Aufenthalts zu spüren bekommen: gleichbleibende Temperatur, Halbdunkel, das mir viel besser behagt als die strahlende Sonne.

Außerdem – ich weiß gar nicht, ob ich das richtig erklären kann –, habe ich endlich das Gefühl, seit ich in meinem Keller lebe, dass ich mein Leben in die richtige Richtung lenke.

Eines Nachts, ich war in Tiefschlaf versunken, wurde ich durch ein gewaltiges Geräusch geweckt. Ich hatte keine Ahnung, dass es meine Scheune war, die gerade zusammenbrach, einfach so von allein, ohne Sturm und ohne Windstoß. Als wollte sie all den Leuten recht geben, die mich, seit ich wieder auf dem Hof meiner Vorfahren lebte, dazu aufforderten, sie zu restaurieren.

Als die Balken des Dachstuhls im Innenhof auf die Steine donnerten, vibrierte der Boden. Ich schreckte hoch und war überzeugt, dass es ein Erdbeben war. Dann habe ich mich aufgesetzt, ich blieb in meine Decken gewickelt, in der Erwartung dessen, was passieren würde. Ich weiß nicht, wie lange ich in dieser Haltung verharrte, aber ich erinnere mich an die plötzliche große Stille um mich herum. Ich weiß auch, dass ich an den vierjährigen Jungen dachte, der ein paar Jahrzehnte zuvor in diesem Keller Zuflucht vor den Bomben gesucht hatte. Auch an die Schreie meiner Mutter habe ich gedacht, damals, als sie die Ratte auf ihrem Kopfkissen wahrnahm.

Plötzlich hatte ich große Angst um alle Einwohner des Dorfes, denn außer mir hatte natürlich niemand die rettende Idee gehabt, im Keller zu hausen. Danach habe ich gehört, wie ein paar Dachziegel runterfielen und zerbrachen. Der Boden vibrierte nicht mehr.

Als ich die Falltür öffnete, war die Küche bereits von einer dichten Staubwolke erfüllt. Draußen im Hof hörte ich die Stimmen der herbeieilenden Nachbarn. Erst dann wurde mir klar, dass es kein Erdbeben gewesen war und dass die Erschütterung vom Einsturz meiner Scheune herrührte.

Nun muss ich aber auf die Abenteuer von Gonzague Jeaubredot zurückkommen. Im Schulhof von Heimsdorf hatte Onkel Paul eines Tages während eines Fußballspiels sehr laut geschrieen: »Zick zack bumm, Tooor!« Der Lehrer sagte daraufhin:

»Paul, bis Montag schreibst du mir hundertmal: ›*Je dois respect à mon maître, Monsieur Gonzague Jeaubredot*‹ – ›Meinem Lehrer, Herrn Gonzague Jeaubredot, schulde ich Respekt‹.«

Mein Onkel verbrachte seinen Sonntag mit dieser Strafarbeit. Auf jeder Seite schrieb er am Anfang einer jeden Zeile: »*Je*«, dann »*dois*«, dann »*respect*«, usw. Immer und immer wieder schrieb er den Namen seines Lehrers, allmählich gewöhnte er sich an diese sonderbare Weise, die »o«s zu schreiben, und als er am Montag sein Heft ablieferte, hörte er mit Verblüffung, dass Zick Zack sagte: »Da ist ein Fehler drin!« Mein Onkel durchforschte verzweifelt das Geschriebene. Er war sich sicher, dass der Name Jeaubredot nicht auf »ault« endete wie das Auto des Arztes. Mittlerweile hatte er aber auch einen anderen Autonamen auf einem Kühler gelesen, Peugeot, der ebenfalls auf »o« endete, aber dieses »o« schrieb man »eot«!

»Na, was ist? Hast du den Fehler gefunden?«

»Ja Monsieur! Am Ende Ihres Namens muss ›eot‹ stehen, wie bei den Peugeot-Autos, und ich habe ›ot‹ geschrieben …«

»Nein, ganz und gar nicht. Meinen Namen hast du richtig geschrieben. Es geht um das Wort ›respect‹, da hast du ›k‹ anstelle von ›c‹ geschrieben!«

Paul konnte es nicht fassen. Da war ausnahmsweise einmal ein Wort ganz leicht, weil es glücklicherweise im Deutschen, im Elsässischen und im Französischen das Gleiche war, und nun schrieb man es anders! Fast wäre er in Tränen ausgebrochen angesichts solcher unüberwindbarer Schwierigkeiten und der Drohung, mit der Strafarbeit von vorne beginnen zu müssen.

Aber manchmal war Zick Zack ganz menschlich und nun war er wohl der Meinung, dass man den Zwischenfall mit dem »k« auf sich beruhen lassen konnte. Seine eigenen Probleme bei der Aneignung rudimentärer Deutschkenntnisse hatten ihm gezeigt, dass das erzwungene Erlernen einer Sprache einen Menschen vollkommen aus der Fassung bringen konnte.

»Respect« schrieb man also mit »c« im Französischen. Meinem Onkel wurde sehr bald klar, dass die Franzosen den Buchstaben »k« nicht mochten. Nur bei »Kilogramm«, »Kilometer« und »Känguru« hatten sie es übernommen. Er fragte sich, ob es denn wirklich sinnvoll war, im französischen Alphabet einen Buchstaben beizubehalten, der so gut wie nie zum Einsatz kam. Es wäre doch viel, viel pra*k*tischer gewesen – praktisch mit k! –, diesen Buchstaben ganz auszurotten und ihn immer durch ein »c« zu ersetzen. Dann würde man halt im Französischen »cilogrammes«, »cilomètres« oder »cangourous« schreiben. Eine andere Lösung wäre der Buchstabe »q« gewesen, der ja häufig verwendet wurde, und wenn, dann mit einem »u«

dahinter. Daraus hätte sich dann »quilogrammes«, »quilomètres« und »quangourous« ergeben. Zumal es eine echte Qual war für die Kinder, ein großes »K« schreiben zu lernen – eine völlig unnötige Qual, da man »kilogrammes«, »kilomètres« und »kangourous« ohnehin nie groß schrieb.

Dieses große »K« quälte die jungen Schüler wochenlang, aber es dauerte nur eine Nacht, die vom 3. auf den 4. Juli 1940, dann war Colmar zu »Kolmar« geworden. Die Leute trauten ihren Augen nicht, als sie das am Morgen des 4. Juli sahen. Man hatte ja voraussahnen können, dass Strasbourg wieder ein »ß« eingesetzt bekam und dass es das »o« von »bourg« wieder verlor. Niemand wunderte sich, dass Sélestat wieder zu Schlettstadt wurde oder Mulhouse zu Mühlhausen, sogar dass aus Ribeauvillé Rappolsweiler wurde, erstaunte niemanden, obwohl dieses Städtchen für die Elsässer immer *Ràbschwihr* geheißen hatte. Dass aber innerhalb einer Nacht Colmar zu Kolmar werden sollte, das konnte nun wirklich kein Mensch voraussehen. Wie alle Leute ihrer Generation hatten Onkel Paul und Tante Anna mancherlei Umwälzungen erlebt, die sämtlich mit dem Krieg zu tun hatten. Aber dieses »C«, das sich in einer Nacht verflüchtigt hatte, machte sie sprachlos. In diesem Augenblick wurde ihnen klar, dass sie das Schlimmste zu befürchten hatten von diesen neuen Herren, die über Nacht das »C« von Colmar auszumerzen wussten.

Colmar war immer Colmar geschrieben worden, auch vor 1918. Alle deutschen Juristen, von Hamburg bis München, wussten das sehr wohl, denn sie hatten allesamt ein zu Beginn des 20. Jahrhunderts vom *Appellhof Colmar* verkündetes Grundsatzurteil gelesen und studiert. Dabei handelte es sich um den berühmten »Kirschenklaufall«, der die Richter vor eine äußerst wichtige Prinzipienfrage gestellt hatte: Ist der Besitzer eines Obstgartens berechtigt, einen Kirschendieb zu töten, wenn er ihn auf einem seiner Bäume erwischt? Die Antwort war negativ ausgefallen, denn die damaligen Richter waren der Meinung, es gebe Grenzen, auch beim Eigentumsrecht.

Überall waren die Leute vor den Straßenschildern, den Schildern an den Bahnhöfen stehen geblieben, eine Hand auf dem Lenker ihres Fahrrads, halb fassungslos, halb bewundernd: Wie hatten es die Deutschen wohl geschafft, innerhalb von einer Nacht Hunderte von »C«s in »K«s umzuwandeln? Auch Onkel Paul war auf sein Fahrrad gestiegen und hatte unzählige Kilometer zurückgelegt, um festzustellen, dass tatsächlich alle Schilder innerhalb einer einzigen Nacht ausgetauscht worden waren. An allen Kreuzungen traf er auf Leute, die genauso ungläubig schauten wie er und völlig verdutzt den Kopf schüttelten.

Warum hatte ihn dieses »K« derart geschockt? Erinnerte sich mein Onkel an den »Respekt« – mit k –, den er seinem Lehrer, Herrn Jeaubredot, schuldete, dem Mann, dem er es zu verdanken hatte, dass er selbst Lehrer war? Oder fühlte er sich der Stadt so besonders verbunden, weil er dort Zögling im Lehrerseminar gewesen war? Es heißt, dass im Jahre 1915 ein französischer Schriftsteller, Henry de Forge, der an die Front geschickt worden war, an die Académie française die briefliche Bitte gerichtet hatte, den Buchstaben »K« aus dem französischen Wortschatz zu tilgen, weil er »germanisch und unnütz« sei. Ich frage mich, was sie in der Académie mitten im Weltkrieg wohl angefangen haben mit einem solchen Gesuch ...

Nach dem Lehrerseminar hatte Paul seinen Militärdienst als Gebirgsjäger im Hinterland von Nizza absolviert. Was ihn damals beeindruckt hatte, war die Tatsache, dass jeder Maulesel in seinem Regiment eine in vier Teile zerlegbare kleine Kanone transportieren konnte, die speziell gebaut worden war, um von einem einzelnen Lasttier getragen zu werden. Während der »drôle de guerre«, des seltsamen Sitzkrieges im Winter 1939/40, wurde er ans Rheinufer abkommandiert. Sein Dienst bestand darin, dass er unentwegt eine Kanone über eine gewisse Distanz hin- und hertransportierte, wobei er am Haltepunkt jeweils ein, zwei Schüsse aufs andere Ufer abgab, um dann die Kanone in die andere Richtung zu verlegen und erneut zu schießen. Das war ausgeklügelte militärische Strategie, damit die auf der anderen Seite glaubten, auf unserer Seite gebe es Kanonen in rauen Mengen.

Er verschoss Kanonenkugeln in Richtung deutsches Ufer, wohin er niemals einen Fuß gesetzt hatte – niemals überquerte man zwischen den Kriegen das *Bächel,* so nannten die Elsässer den Rhein, vielleicht nur um das Schicksal zu beschwören. Häufig besuchte mein Onkel einen seiner Schulfreunde vom Lehrerseminar, den Sohn eines Zöllners, der unmittelbar neben einer Rheinbrücke wohnte. Nie und nimmer wären sie auf die Idee gekommen, diese Brücke zu überqueren. Sein Schulfreund hatte seine ganze Kindheit an dem einen Ende der Brücke verbracht und hatte sie nie betreten.

Ich wiederum habe jahrelang wie jedermann den Fluss überquert, anfangs, weil das Benzin billiger war, später wegen der Zigaretten. Die Brücken, die ich benutze, um hin und wieder ein Schnäppchen zu machen, erfüllen ihre Aufgabe als Brücke. Ihnen verdankt man, dass man problemlos von einem Ufer zum andern hinübergelangt. Anders die Brücken in der Zeit zwischen den Kriegen. Sie waren dazu gedacht, *nicht* genutzt zu werden. Wenn Sie Elsässer fragen, die sich an die dreißiger Jahre erinnern: »Habt ihr nach 1933 denn nichts Besonderes bemerkt auf der anderen Seite des *Bächel?*«, dann antworten sie meistens nein, ihnen sei nichts aufgefallen. Seit ich weiß, dass die Brücken von damals nicht dazu da waren, überquert zu werden, habe ich dafür mehr Verständnis.

Es war während der allgemeinen Auflösung unmittelbar vor dem Zusammenbruch im Juni 1940, als mein

Onkel, damals französischer Soldat, seinen ersten Kontakt mit Deutschland hatte. Das war in Baccarat, auf der anderen Seite der Vogesen. Da, wo sein Vater, Großvater Mattern, als deutscher Soldat Frankreich entdeckt hatte, und zwar unter Umständen, auf die er liebend gerne verzichtet hätte. Es war im Sommer 1914. Der erste große Krieg hatte gerade begonnen, aber schon stand Baccarat in Flammen.

Sechsundzwanzig Jahre später landete sein Sohn ebenfalls in dieser Stadt, deren Wiederaufbau gerade mal abgeschlossen war. Diesmal wütete keine Schlacht. Baccarat ist nicht ein zweites Mal verbrannt. Der erste Kontakt meines Onkels mit Deutschland, das waren die Flugzeuge, die im Tiefflug über die französischen Soldaten hinwegdonnerten. Es wurde nicht einmal geschossen, vielleicht zogen es die Piloten vor, sich einfach nur am Zusammenbruch der feindlichen Armee zu ergötzen.

Zwischen zwei Flugzeugen konnte man manchmal hören:

»Bleibt zusammen, verdammt noch mal! Wir ziehen uns zurück mitsamt den Waffen! Alle Pferde und alle Wagen in den Bauernhöfen dort werden beschlagnahmt!«

»Da waren wir gerade. Pferde sind da keine. Da gibt es nur Ochsen.«

»Dann beschlagnahmt die Ochsen, ihr Idioten!«

Der Höllenlärm aus der Luft hatte die Ochsen in einen Zustand unbeschreiblicher Aufregung versetzt. Noch nie waren diese Tiere so tief erschüttert worden. Die Menschen wussten, dass Krieg war, sie wussten, dass die Ungeheuer, die über sie hinwegflogen, von Menschenhand gebaut worden waren, um Tod und Vernichtung zu verbreiten. Aber was mochten diese armen Tiere empfinden, die an die Stille der Weiden und der Wälder gewohnt waren? Die Soldaten mussten sie zu mehreren anpacken, um sie einigermaßen unter Kontrolle zu halten, während die Flugzeuge die Stallungen überflogen. Nur mit Mühe gelang es ihnen, sie an Wagen zu spannen, auf denen man in unsäglichem Durcheinander Maschinengewehre gestapelt hatte.

Die Offiziere brüllten weiter:

»Zusammenschließen! Material aufladen! Das Vieh anspannen! Los, schneller!«

Sie taten so, als würden sie Befehle erteilen, um sich selbst einzureden, dass sie auf den Gang der Dinge noch Einfluss hatten. Dabei hatte alle Welt ganz schnell begriffen, dass Frankreich darniederlag. Pétain packte seine Koffer, um nach Bordeaux auszuweichen, und verhandelte mit Hitler. Bald danach würde der Greis mit bebender Stimme erklären, dass man nicht Freund und Feind verwechseln dürfe und es nun angebracht sei, das Deutschland des Herrn Hitler als einen befreundeten Staat anzusehen.

In den Erzählungen meines Onkels über die letzten Augenblicke seines Soldatenlebens war etwas Pathetisches. Ach! Die Tränen des Obersten, der ihnen die Niederlage Frankreichs bestätigte! Er stand auf einem kleinen Hügel, der Oberst. Niemals würde mein Onkel das Bild dieses weinenden Offiziers vergessen. Er war sehr groß. Und was mein Onkel nie zu betonen vergaß, ganz als ob das damals seine Verzweiflung gelindert hätte, das war der Hinweis, dass er rothaarig war, vollkommen rothaarig, der Oberst.

Großvater Mattern hatte oft vom Jubel der russischen Soldaten erzählt, die während des Ersten Weltkrieges in Gefangenschaft gerieten: Sie waren überglücklich, nicht mehr die lebenden Zielscheiben des Feindes zu sein. Aber im riesigen Lager der Kristallfabrik von Baccarat konnte man auf den Gesichtern der vielen Hundert französischen Soldaten keinerlei Zufriedenheit erkennen: sie waren abgemagert, unrasiert und blickten stumpf vor sich hin. Sie drückten allesamt die gleiche Ungläubigkeit, die gleiche allgemeine Hilflosigkeit aus. Sicher dachte mein Onkel an die Mulis der Gebirgsjäger mit ihren in vier Teile zerlegbaren Kanonen als Last, die beim Anblick der herannahenden Jäger der Luftwaffe die Flucht ergriffen: Er wusste, dass man einen Maulesel nicht festhalten konnte, wenn er beschlossen hatte zu fliehen. In diesem Augenblick wurde ihm klar, dass 1936, zum Zeitpunkt des *Front Populaire*, der Volksfront, und der ersten bezahlten Urlaube, auf der anderen Seite des *Bächel* bereits Tausende Panzer und Jagdflugzeuge gebaut wurden und dass der Ausgang des Krieges bereits damals vorentschieden war.

Die Männer aus der Generation meines Onkels beteten auf Deutsch, sangen deutsche Weihnachtslieder, lasen deutsche Regionalzeitungen. Aber einem Deutschen war mein Onkel nie begegnet. Der erste Deutsche, den er hörte, das war der Offizier der Wehrmacht, der sich auf Deutsch an die elsässischen Gefangenen wandte und sie aufforderte, sich abseits der anderen Gefangenen aufzustellen:

»Für euch ist der Krieg zu Ende. Ihr könnt zum Bahnhof gehen und nach Hause fahren.«

Dann befahl er den anderen Gefangenen, sich nicht zu rühren. Diesmal sprach er Französisch mit jenem deutschen Kommando-Akzent, den man später so oft im Kino hören sollte. Kurz darauf wurden sie in Gefangenenlager nach Deutschland gebracht und für Feld- und Fabrikarbeit eingesetzt. Es ging darum, die deutschen Männer zu ersetzen, die an den diversen Fronten fürs Vaterland kämpften, um den Endsieg zu sichern.

Kapitel 7

MEIN VATER HATTE UNGEFÄHR die gleiche Geschichte erlebt. Wenn ich Onkel Paul fragte: »Und Papa?«, sah er mich immer sehr erstaunt an. Betrachtete er mich so sehr als seinen Sohn, dass er immer wieder vergaß, dass er für mich eben doch nicht mein Vater war? Oder hatte er Schuldgefühle, weil er mir nicht öfter von seinem Bruder erzählte? Da sie beide kurz vor dem Ersten Weltkrieg als Deutsche geboren und 1918 Franzosen geworden waren, dachten sie 1940 beim Waffenstillstand wahrscheinlich, dass die Geschichte sich auf traurige Weise wiederholt.

Die Nazis haben im Elsass keine Zeit vergeudet. Ich habe Ihnen ausführlich erzählt, wie Colmar in einer Nacht zu Kolmar wurde. Die »Entwelschung« der Provinz fand in Windeseile statt. Ich werde mich hier nicht über die Befindlichkeit der Elsässer auslassen, als nach wenigen Wochen die Grenze zwischen dem Elsass und Vichy-Frankreich dicht gemacht wurde: sicherlich fühlten sie sich völlig verlassen. Sie können sich wohl vorstellen, dass im Laufe des Sommers 1940, als bereits das Verbot, Französisch zu sprechen, verkündet wurde, die große Frage für meinen Onkel und seine Kollegen lautete: »Was wird wohl bei Schulbeginn passieren?« In jenem Sommer ahnten sie noch nicht, dass der Nationalsozialismus dank seiner Weltanschauung unschlagbar darin war, auf scheinbar komplizierte Fragen radikale und schnelle Antworten zu finden.

Die neue Regel war einfach. Die Lehrer, die vor 1918 ausgebildet worden waren, konnten ihre Stellen im Elsass behalten, was in Bezug auf die Weltanschauung vollkommen logisch war: Ihre Ausbildung war eine rein deutsche gewesen. Für die Lehrer der Generation meines Onkels hingegen war der schlichte Verbleib undenkbar, waren sie doch im Geist der Französischen Republik ausgebildet worden. Also wurden sie nach Deutschland versetzt, wo sie sich zunächst einmal mehrere Wochen lang einer Umschulung unterziehen mussten.

Das hat merkwürdig viel Ähnlichkeit, werden Sie mir sagen, mit der Umschulung, die Onkel Ignaz und Monsieur Schiebler 1919 nach Burgund und nach Épinal verschlug, wo sie Französisch zu lernen hatten. Aber da hört die Ähnlichkeit auch schon auf. Die nationalsozialistische Umschulung war vor allem eine ideologische. Und nach dieser »Ausbildung« bekamen die Elsässer Stellen in Deutschland. Sie träumten alle davon, in die Heimat zurückversetzt zu werden – wo man deutsche Lehrer, häufig sehr überzeugte Nazis, auf ihre Stellen gesetzt hatte. Also sagte man ihnen:

»Ihr wollt eine Stelle im Elsass? Kein Problem. Ihr braucht nur in die Partei einzutreten.«

Onkel Paul kommentierte diesen Abschnitt seiner Lebensgeschichte folgendermaßen:

»Sie hatten vor, uns zum Stoßtrupp, also zur Speerspitze des neuen Deutschland im Elsass zu machen … Aber niemand wurde Parteimitglied. In Wirklichkeit war es eher umgekehrt, meine Kameraden und ich haben zu unserer Verwunderung entdeckt, dass wir im Herzen sehr viel französischer waren, als wir bislang dachten.«

Bald schon hatten sie die Umschulung in *Dummschulung* umbenannt. Die Nazis hatten die deutsche Sprache mit Beschlag belegt, sie hatten sie veruntreut, für ihre Zwecke manipuliert, als Geisel genommen. Zahllose Wörter bekamen eine neue Bedeutung. So zum Beispiel das Wort »Umschulung«. Vor dem Krieg war es ein gängiges, in keiner Weise auffälliges Wort. Im September 1940 wurde es urplötzlich für meinen Onkel und seine Freunde zum Signal für eine beängstigende Zukunft. Die Umbenennung – sie sprachen »Dummschulung« nicht hochdeutsch, sondern mit dem Akzent ihres Dialekts aus – war für sie eine Art Antwort:

»Ihr habt also die Sprache Goethes und Schillers missbraucht? Schön, auch wir sind fähig, an unserem deutschen Dialekt herumzufingern. Aber nicht mit der gleichen Absicht wie ihr.«

Eine solche Antwort brauchten sie auch dringend.

Sie waren ein kleiner Kreis von jungen Leuten, die eine gemeinsame Geschichte hatten, die sich zwischen zwei Kulturen und zwei Kriegen gefangen fühlten. Ihr Verhältnis zu den Sprachen stand im Zeichen fortgesetzter Gewaltanwendung. Alle waren sie zu irgendeinem Zeitpunkt ihres Lebens irgendwelchen Gonzague Jeaubredots begegnet, und dann hatten sie plötzlich selbst diese Rolle übernommen, in der sie das Französische Kindern eingebläut hatten, denen diese Sprache fremd war. Und nun wurden sie deutsche Lehrer in Deutschland. Ihre Aufgabe bestand darin, eine Sprache zu unterrichten, die mit ihrer Muttersprache sehr nahe verwandt war, aber sie hatten es in einem Klima der politischen und ideologischen Gewalt zu tun.

Mein Onkel war Ende zwanzig. Die französische Sprache, die er hatte lernen müssen und die er zu lieben gelernt hatte, war nun verboten, unmerklich entfernte sie sich wieder von ihm. Seinen Vornamen hatte er nicht ändern müssen wie einige seiner Kollegen, aber Paul wurde nun eben hochdeutsch ausgesprochen. Onkel Paul war immer ein Mensch gewesen, der wusste, wo es für ihn langzugehen hatte. Oft begannen seine Sätze mit dem Ausdruck: »De deux choses l'une« (Entweder – oder), und endeten mit »Ich weiß nicht, wo da das Problem sein soll.« Aber in dem Fall stand er im Nebel. Ich stelle mir vor, wie er verunsichert war und Klarheit zu gewinnen versuchte: »Also fassen wir zusammen: Ich bin als Deutscher geboren, wie mein Vater. Die Zeit im Lehrerseminar, der Militärdienst in Nizza werden mir eines Tages vielleicht wie Lebensabschnitte vorkommen, die ich gar nicht selbst erlebt habe, wie verbotene Erinnerungen ...«

Ich glaube, dass Frankreichs militärisches Debakel sie mehr als alle andern getroffen hatte, ihn und seine Kameraden, zu einem Zeitpunkt, als sie sich gerade eine Existenz aufbauten. Und nun gleich schon umschulen? Würde ihr Leben gar eine Kette von Umschulungen sein? Auch die vorhergehende Kollegengeneration war nach dem Ersten Weltkrieg umgeschult worden. Vielleicht bedeutete in dieser Gegend die Berufswahl Lehrer tatsächlich, dass man sich auf ständige mentale und sprachliche Umschulung einzustellen hatte.

Wehren konnten sie sich nur noch mit Hohn: *Dummschulung* anstelle von Umschulung! Das Alemannische, ihre Muttersprache, war ihr Rettungsanker. Ja nicht untergehen! Standhalten! Irgendwann, vielleicht schon bald, würden die Amerikaner kommen und die Dummschulung würde dann nur noch ein böser Traum gewesen sein. Einige dachten, dass Pétain in Wirklichkeit ein Schlaumeier sei, dass er den Feind nur hinters Licht führen wolle. Natürlich hatten sie alle seine Reden gelesen, die der Nazi-Propaganda merkwürdig ähnlich waren, in die man sie selbst eingetaucht hielt. Nur: wo bekamen sie diese Reden zu lesen? In der Nazi-Presse natürlich. Aber konnte man dieser Propaganda-Presse trauen? Und selbst wenn Pétain das gesagt hatte, was dieser Presse zu entnehmen war, war das nicht gerade der Beweis für die List des siegreichen alten Heerführers aus dem Ersten Weltkrieg?

Eines Tages hat die kleine Gruppe von elsässischen Lehrern im Kino *Jud Süß* gesehen. Schweigend verließen sie den Saal. Alle kannten sie Juden, die vor dem Krieg und seit eh und je in ihren Dörfern oder den Nachbarorten wohnten. Sie waren alle Zeugen jenes unglaublichen Ereignisses geworden, ein paar Wochen, nachdem die Nazis einmarschiert waren, ihrer Vertreibung aus dem Elsass in Richtung besetztes Frankreich.

»Vielleicht war es für unsere Juden ein Glück, dass sie gleich am Anfang vertrieben wurden ...«

Man traf sich regelmäßig in einer Kneipe beim Bahnhof der nahe gelegenen Kleinstadt. Eines Tages kam einer der Junglehrer, Arthur Schmitt, ganz aufgewühlt zur Tür herein:

»Ich bin über die Fußgängerbrücke gekommen, die über die Bahngleise führt, gleich hier in der Nähe. Etwas abseits, am letzten Gleis, stand ein Zug. Er war übervoll. Ich bin stehengeblieben, um nachzusehen, was da los war, denn da waren SS-Leute und Hunde. Sie sind sofort auf mich zugekommen und haben gebrüllt: ›Weg da oben! Weitergehn!‹ Ich glaube, es war ein Zug voller Juden.«

Meinen Onkel habe ich oft gefragt, was die Deutschen über die Vernichtungslager im Krieg wussten. Immerhin war er ja Beamter des Reichs gewesen.

»Judenhass war etwas ganz Natürliches. Als ich meine Stelle in einer württembergischen Kleinstadt antrat, waren die Juden schon weg. Es hieß, sie seien in Lagern. Ich spürte, dass dies von den Leuten um mich herum niemanden störte. Viele schienen zu denken: Zumindest arbeiten die jetzt fürs Reich, das ist mal was anderes. Ich aber wusste von nichts, und ich glaube, dass wenige Leute etwas wussten.«

Ich werde Ihnen jetzt etwas gestehen, worüber Sie sich vielleicht wundern werden. Jahre nach diesen Ereignissen hatte ich immer ein wenig Angst, wenn ich nach Deutschland ging – damals, als ich noch ein normales Leben führte. Es war blöd, ich weiß schon, aber es ist die Wahrheit. Dabei liebe ich die deutsche Sprache, und als ich noch Freunde hatte, waren auch mehrere Deutsche darunter. Aber trotzdem: ich hatte immer ein wenig Angst, wenn ich nach Deutschland ging.

Einmal, das ist lange her, war ich per Anhalter unterwegs und befand mich auf einer Autobahnauffahrt, die für Fußgänger verboten war. Da kam ein grünes Polizeiauto, auf dem ein Lautsprecher montiert war. Als der Wagen auf meine Höhe kam – er fuhr ganz langsam –, wurde ein Befehl durch den Lautsprecher gebrüllt. Ich nehme an, es hieß, dass ich hier nichts zu suchen hätte. Kaum hatte ich mich von meinem Schreck erholt, da sprang ich über die Leitplanke und rannte los durchs Gestrüpp, als hätte ich gerade ein Verbrechen begangen.

Die Deutschen von heute haben natürlich nichts gemein mit denen jener düsteren Jahre, die ihrerseits kaum etwas zu tun hatten mit denen aus der Zeit von Kaiser Wilhelm II. Großvater Mattern hatte es im übrigen sofort gesagt, als die Nazis vor seinem Fenster in Heimsdorf vorbeidefilierten. Er blieb etwas abseits vom Fenster stehen, schob den Vorhang vorsichtig zur Seite, und nach einigen Sekunden verkündete er seine Sentenz:

»*Sen d'namliga nem!* Es sind nicht mehr die Nämlichen, nicht mehr dieselben.«

Das ist es ja, was für uns, die unmittelbaren Nachbarn dieses Volkes, so anstrengend ist: Es sind nie dieselben. Der Satz meines Großvaters hat den Vorteil, dass er immer wieder zitiert werden kann, von jeder neuen Generation.

Ich finde, dass jede Familie eine kleine Erinnerungsfabrik ist: Die Erinnerung wird gespeist von Erzählungen darüber, wie die Dinge *vorher* waren, zum Beispiel darüber, wie die Nachbarn von der anderen Rheinseite waren, *vorher*. Das hatte man in meiner Familie ein für alle Mal kapiert, dass *sie* nie die gleichen waren. Ich nehme an, dass *wir* auch nicht mehr so sind, wie wir einmal waren. Aber es ist viel leichter, die Veränderungen beim anderen wahrzunehmen. Vielleicht weil unser Blick Bruchteile dessen beinhaltet, was die Familienwerkstatt an Erinnerung hergestellt hat. Und ich spüre sehr wohl, dass sich im Gedächtnis meiner Familie unzählige Schrecken der Vergangenheit festgesetzt haben. Großvater Mattern trägt dafür sicherlich ein Großteil der Verantwortung, mit seinen Ängsten, damals, hinter dem Vorhang, als er diese *Schwoowe* – für die Elsässer sind die von drüben die »Schwaben« – beobachtete, die es schafften, innerhalb einer Nacht Colmar in Kolmar zu verwandeln.

Kapitel 8

ICH WÜRDE VIEL DAFÜR GEBEN, könnte ich erfahren, wie Monsieur Jemand über die Entwicklung meines Lebens denkt. Ich hab keine Ahnung. Die Leute um mich herum finden, dass ich besser ein normales Leben führen sollte, dass ich die Vergangenheit vorläufig ausklammern – zumal diese Vergangenheit noch nicht einmal meine eigene ist – und mich um die Gegenwart, vor allem aber um die Zukunft kümmern sollte. Zum Glück ahnen sie nichts von den vielen Fragen, die mich verfolgen. Wenn sie wüssten ... ich bin sicher, sie alle würden sich Sorgen um mein geistiges Gleichgewicht machen.

Eine Frage zum Beispiel, die mich am Schlafen hindern kann, lautet: Warum gibt es keinerlei wissenschaftliche Zusammenarbeit zwischen Historikern und Dermatologen? Dabei ist doch sonnenklar, dass die Beziehung zur Geschichte unter die Haut geht. Ich spüre es sehr wohl, vor allem seitdem ich in meinem Keller lebe, dass die Nerven unter meiner Haut hypersensibel sind. Man kann sich die Ohren oder die Nase zuhalten, man kann die Augen oder den Mund schließen, aber niemand kann die abertausende Poren der Haut dichtmachen. Niemand.

Nationalhymnen, Militärmusik, denen man strammstehend und mit feuchtem, auf die in den strahlenden Himmel aufsteigende Fahne gerichteten Blick lauscht, all diese Dinge sind zu einem einzigen Zweck erfunden worden, das kann jeder Student der Dermatologie im ersten Semester erklären: Tausende von winzigen Härchen, die man zuvor kaum wahrgenommen hat, sollen sich auf glatter Haut urplötzlich wie kleine Wachsoldaten aufrichten. Heute, im Rückblick auf mehrere Generationen, kann man es mit Bestimmtheit sagen: Der endgültige und höchste Zweck solcher musikalischen Kreationen bestand darin, Kanonenfutter zu schaffen.

Ich habe Monsieur Jemand oft Fragen dazu gestellt, ich wollte die Meinung des geschulten Affektpsychologen hören. Mehrfach habe ich ihm meinen Verdacht mitgeteilt, er interessiere sich nur für das Individuum und vernachlässige den prägenden Einfluss der Gruppe. Glauben Sie, er hätte auf diese Frage auch nur ein einziges Mal reagiert?

Soll man Großvater Matterns Kriegserfahrung in Russland Glauben schenken, dann war diese musikalische Einstimmung des kämpfenden Soldaten nicht immer erfolgreich. Gegen Ende des Sommers nahm er mich gewöhnlich mit zum Pilzesuchen. Er sammelte ausschließlich Wiesenchampignons und kannte die Stellen, wo sie zu finden waren. Wenn die Satteltaschen seines *Solexl* und die meines Fahrrads randvoll waren, machten wir eine Pause in der Waldwirtschaft. Für mich gab es da eine Limonade, für ihn ein *Scheppala* – einen Schoppen Rotwein, vielleicht waren es auch zwei, das weiß ich nicht mehr. Manchmal denke ich, dass er mich nur deshalb mitnahm, wenn er »in die Pilze« ging, um den Ausflug in dieser Waldwirtschaft ausklingen zu lassen, wo er mir seine Lebensphilosophie im Allgemeinen und die des Krieges im Besonderen erklärte. Vielleicht waren es die Erwachsenen der Familie müde, ihm zuzuhören. Vielleicht dachte er auch: Die müssen solche Sachen einfach wissen, die Knilche.

»Wenn man dir in der Schule beibringen will, dass Kriege von Soldaten gewonnen werden, die stolz sind, ihr Vaterland zu verteidigen, dann darfst du das nicht glauben. Diejenigen, die nach den Kriegen solche blöden Geschichten verbreiten, sind die gleichen, die während des Krieges in den Zeitungen Lügengeschichten geschrieben haben. Und diese Schreiberlinge gab es auf beiden Seiten. Sie haben in ihren gemütlich warmen Büros gesessen und schöne Sätze zu Papier gebracht. Die Herren haben nie einen Fuß an die Front gesetzt. Genau wie die Herren Generalstabsoffiziere. Die Wahrheit ist die, das kannst du mir glauben: ohne die Militärstrafordnung ist kein einziger Soldat verrückt genug, in den Tod zu laufen. Wenn es zum Angriff ging, habe ich auf den Gesichtern nie etwas anderes gesehen als die Angst zu sterben. Glaube ja nicht, dass das anders ist bei denen, die heute nach Algerien müssen. Ich habe den Sohn des Bürgermeisters gefragt, als er zurückkam. Er hat nur zögernd geantwortet. Ich vermute, weil es seinem Vater nicht gefallen hätte, wenn der Sohn etwas gegen die Armee sagt. Aber am Ende hat er doch ausgepackt. Er hat mir berichtet, dass bei der Zugfahrt in Richtung Marseille die Wagen von außen verschlossen waren, weil befürchtet wurde, dass sie desertieren. Im Hafen von Marseille wurden die Soldaten wie Gefangene bewacht. Und das Schlimmste war, dass sie, während sie auf die Einschiffung warteten, zusehen mussten, wie Särge ausgeladen wurden, in denen sich die Leichen derjenigen befanden, die ein paar Monate zuvor auf dem selben Kai gestanden hatten.

Dann fragte ich meinen Großvater: »Aber was passiert denn, wenn man sich weigert?«

Sein Blick wurde hart: »Ich erinnere mich, dass man uns regelmäßig Paragraphen aus der Wehrordnung vorlas, und immer endete das auf den Spruch: ›… und wird mit dem Tode bestraft‹. Du konntest dich nicht weigern. Du warst wie ein zum Tode Verurteilter, der noch eine Galgenfrist hat. In den Zeitungen war die Rede von Mut, Heldentum, von heldenhaft fürs Vaterland Gefallenen. Davon habe ich nie etwas gesehen. Auf tausend Tote will mir kein einziger Held einfallen. Für uns Elsässer war es sowieso ein bisschen anders als für die andern. Es gab Offiziere, die konnten uns nicht leiden. Wir waren alle an der russischen Front, wie dein Vater im folgenden Krieg, das weißt du ja. Weil die Deutschen Angst hatten, dass wir zu den Franzosen überlaufen, wenn sie uns an ihre Westfront steckten. Eines Tages bekam unser Regiment Verstärkung durch Lothringer, die von dieser Front zurückkamen. Sie waren abgezogen worden, weil es zu viele Deserteure gab. Aber die patriotischen Lügen berührten die anderen Rekruten genauso wenig wie uns Elsässer und Lothringer. Wenn der Befehl zum Großangriff kam, stand in allen Gesichtern die gleiche Angst. Man hat sich nur gefragt, ob man am Abend noch am Leben sein würde, man tauschte die Adressen der Angehörigen, man zeigte sich Fotos von den geliebten Menschen in der Heimat. Die glücklichsten Männer, denen wir begegnet sind, das waren die russischen Gefangenen, die nach hinten unterwegs waren. Sie gaben kleine Zeichen, als wollten sie uns sagen: ›Wir haben's hinter uns, nur Mut, Jungs!‹ Was haben wir die beneidet! Manchmal haben wir die Hände über die Schützengräben gehoben, wenn die Russen geschossen haben, in der Hoffnung, als Verwundete dann ins Lazarett geschickt zu werden. Einmal hab ich im Krankenrevier einen Jungen aus Heimsdorf getroffen. Vor ein paar Jahren ist er gestorben. Er hat mich nicht wiedererkannt, weil ich so abgemagert war. Ihm hatte man alle Zehen amputiert, die erfroren waren. Darüber konnte er lachen: ›Lieber ohne Zehen leben, als mit meinen Zehen irgendwo in Russland begraben sein. Für mich ist der Krieg zu Ende.‹ Ich hätte viel gegeben, um an seiner Stelle zu sein. All diejenigen aus der Kompanie, die ein Bein oder einen Arm weniger hatten und nach Hause geschickt wurden, wirkten heilfroh. Irgendwo hab ich einmal gelesen, dass die Soldaten mit einem Lächeln auf den Lippen fürs Vaterland sterben. Das ist eine widerwärtige Lüge. Die Angst im Bauch, nichts anderes, treibt den Soldaten nach vorn.«

Nach solchen Reden leerte er sein Glas, bestellte noch ein *Scheppala* und blickte stumm auf einen Punkt in der Ferne. Ich wusste nicht, was er sah, aber ich dachte, dass er etwas ganz Bestimmtes betrachtete und dass ich ihn nicht stören durfte.

Manchmal fragte ich ihn: »Grand-père, erzähl' mir noch mal die Geschichte mit den Pferden, die Baumrinde gefressen haben.«

Dann lächelte er traurig.

»Die Russen haben ganz plötzlich aufgehört mit dem Krieg, weil sie ihre Revolution machen wollten. Plötzlich hatten wir kein Gegenüber mehr. Es war sehr merkwürdig, das kannst du mir glauben. Die Pferde des Zarenheers rannten ziellos herum. Da es aber kein Heu mehr gab und der Boden gefroren war, fraßen sie die Rinde von den Bäumen.«

Ich glaube, ich bekam eine Gänsehaut, wenn mir Großvater Mattern seine Geschichten erzählte. Aber es war nicht die gleiche Gänsehaut, wie wenn zur Preisverleihung am Jahresende im Gymnasium die *Marseillaise* dreistimmig gesungen wurde. Jeder Schüler, der einen Preis bekam, stieg auf die Bühne und der stellvertretende Präfekt überreichte ihm ein Buch. Mein Vetter Daniel, der so etwas wie mein Halbbruder war, bekam als Klassenbester regelmäßig den *Prix d'excellence*, den Hauptpreis. In der 8. Klasse hatte ich den Ersten Preis in Religion bekommen, im Jahr davor den Dritten Trostpreis in Geschichte, weil ich mich für die punischen Kriege begeistert hatte. Immerhin durfte ich mit allen anderen aufs Podium steigen, wenn die *Marseillaise* gesungen wurde, und los ging's mit der Gänsehaut! Warum kriegt man die hauptsächlich, wenn man als Individuum in der Menge untertaucht? Ab wann gehört man sozusagen mit Haut und Haaren der Gruppe?

Ja, die Gänsehaut! Bei der Umschulung hatte mein Onkel im Musikunterricht ein unglaubliches Wort entdeckt: Es war die Rede von *Gänsehautmusik!* Die Tatsache, dass man für dieses eine Wort im Französischen acht Wörter braucht – »une musique à vous donner la chair de poule« –, das faszinierte ihn. Vermutlich war diese Faszination mit einer gewissen Furcht gemischt: Wenn die Deutschen solche ungeheuren Wörter fabrizieren konnten, dann waren sie auch in der Lage, Jagdflugzeuge zu bauen wie jene, die in Baccarat im Frühjahr 1940 seine Einheit überflogen – Flugzeuge, deren infernalischer Lärm einem für den Rest des Lebens einen seelischen Knacks hinterließ.

Onkel Paul kannte die Musik von Richard Wagner nicht. Sein Musiklehrer im Colmarer Lehrerseminar hatte eines Tages das Thema Wagner angesprochen.

»Über Deutschland könnt ihr denken, was ihr wollt. Ihr könnt sie mögen oder nicht, die Musik von diesem Richard Wagner. Ihr sollt euch nur im Klaren darüber sein, dass er ein sehr großer Musiker war.«

Für den Musiklehrer der Umschulung, jenen Lehrer, dem er das Wort *Gänsehautmusik* zu verdanken hatte, war Richard Wagner »der vollendete Ausdruck von Deutschlands schöpferischer Musikalität«. Und immer fügte er hinzu, dass der Führer die Musik Wagners besonders liebe, dass er im Übrigen ein enger Freund der Familie Wagner sei und dass er alljährlich nach Bayreuth fahre, um dort die Überlegenheit des deutschen Geistes zu feiern.

»Man muss zugeben«, sagte er, »das deutsche Volk hat Wagner viel zu verdanken. Hat unser Führer doch erklärt, alles habe für ihn begonnen, als er mit 17 Jahren die Oper *Rienzi, der letzte der Tribunen* erlebt habe. Also haben wir es gewissermaßen Wagner zu verdanken, dass der große Tribun Hitler das Schicksal unseres Volkes in die Hand genommen hat!«

Wenn mein Onkel diese Geschichte erzählte, ergänzte er, dass sogar der Ausdruck »Nacht und Nebel«, mit dem man in den Lagern die politischen Gefangenen bezeichnete, Leute, die nie wieder in die Gesellschaft der

Menschen zurückfinden sollten, aus einer Wagner-Oper stammte, nämlich aus Rheingold.

Meine erste Erfahrung mit der *Gänsehautmusik* war also die *Marseillaise* bei der Jahresschlussfeier. Dabei habe ich sogar meine erbärmlichen schulischen Leistungen vergessen. Aber auch in der Kirche gab es Gänsehautmusik, zum Beispiel wenn wir sangen »*Sauvez Rome et la France au nom du Sacré-Cœur*« (Rette Rom und Frankreich im Namen des Herzens Jesu), und ein paar Jahre später bei politischen Veranstaltungen, zu denen mich Daniel mitgeschleppt hatte, wenn wir alle gemeinsam mit erhobener Faust die *Internationale* sangen.

Es gibt übrigens *Marseillaisen*, an die ich mich gern erinnere. Zum Beispiel die, von der mir Onkel Léon erzählte, der Bruder meiner Mutter. Er war achtzehn. Und er war gerade in die Wehrmacht eingezogen worden, zu einem Zeitpunkt, als die deutschen Städte schon von den Engländern und den Amerikanern bombardiert wurden. Er war in Kassel eingesetzt worden, um nach den Bombenangriffen die Straßen zu räumen und um möglichst viele Leute aus ihren Schutzräumen zu retten. In den Kellern, wo oft das Wasser stand, fanden sie Dutzende von Leichen, die weggeschafft werden mussten, damit keine Seuchen ausbrachen. Eines Tages – zufällig waren da lauter Elsässer unter sich – sind sie dabei auf Weinvorräte gestoßen und haben sich betrunken. Und so konnte man in jener Nacht in einer fast vollkommen zerstörten Stadt im Norden Deutschlands erleben, wie ein mit Leichen beladener Lastwagen Zickzack fuhr durch den Schutt, und gleichzeitig vernahm man eine ziemlich weinselige, aber mit Überzeugung gesungene *Marseillaise*.

Es gab noch andere *Marseillaisen*, die mich rührten. Ich denke zum Beispiel an die vom Oktober 1942 in Kolmar. An jenem Tag machten sich 150 Achtzehnjährige auf den Weg zur Ostfront, wo die Wehrmacht schwer in Not war. Von deutschen Soldaten waren sie in einem Gebäude in der Nähe des Bahnhofs eingepfercht worden. Mehrere hundert Leute, Eltern, Verwandte, Verlobte, hatten sich draußen versammelt. Als in der Nacht der Zug aus Mulhouse einfuhr, wurden die zukünftigen Soldaten eilends zum Bahnsteig geführt. Im Moment der Abfahrt fingen sie alle an, in den Zugwagen die *Marseillaise* zu singen und zu randalieren. Der Zug fuhr an dem Haus ohne *Kaller* vorbei, in dem Onkel Pauls und Tante Annas Schrankenwärter-Freunde wohnten. Wenig später, in Schlettstadt, wurde er von SS-Leuten umstellt.

Man muss wissen, dass die Gänsehautmusik, ehe sie tatsächlich eine Gänsehaut hervorruft, einen auf sehr subtile Weise berühren kann: Sie streichelt einen sanft über alle behaarten Teile des Körpers, und plötzlich stellt sich jedes einzelne Haar auf wie ein kleiner Soldat! Auch kann die Gänsehautmusik einen ganz brutal packen und entführen, oder aber sie fährt einem in den Bauch, um nicht zu sagen ins Gedärm.

Das einzige Problem ist, dass die Leute, die sich diese Art von Musik ausdenken und dann endlos abspulen, immer irgendwelche Hintergedanken dabei haben. Manchmal sind diese Gedanken großherzig, manchmal sind sie es weniger. Und es ist schon einige Male passiert, dass großherzige Gedanken sich in Albträume verwandeln. Im Endeffekt entscheidet sich alles in jenem flüchtigen Zwischenstadium zwischen Gänsehaut und Ideen, dann, wenn etwas aus dem Bauch kommt und sich plötzlich in Überzeugungen verwandelt. Um die Frage zu vertiefen, müssten die Dermatologen und die Historiker mit Hirnspezialisten zusammenarbeiten, die herausfinden, wo genau im Kopf das Umkippen oder Umschalten stattfindet. Wo also die Gänsehaut den Geist dazu zwingt, sich von einer bestimmten Idee zu überzeugen und nicht von einer anderen.

Eines Tages ging mein Onkel in jenem württembergischen Dorf, wo er seine Stelle hatte, zum Friseur. Er wusste, dass der Mann ein fanatischer Nazi war. Plötzlich entwickelte sich eine angespannte Diskussion über hohe Militärstrategie in Europa.

»Und warum hat Frankreich Deutschland den Krieg erklärt?«, fragte der Friseur ziemlich aggressiv, wobei er nervös mit einem frisch geschliffenen Instrument den Nacken meines Onkels rasierte.

»Frankreich hatte gewarnt: Wenn Deutschland Polen angreift, erklären wir Deutschland den Krieg.«

Meinem Onkel wurde auf der Stelle klar, dass er sehr unvorsichtig gewesen war. Es gab nur eine einzige korrekte Antwort: dass diese Kriegserklärung ein großer Fehler war und dass er Frankreich im Übrigen sehr teuer zu stehen gekommen war, ja dass es Frankreich recht geschah! Aber es war zu spät. Er hatte es gesagt. Und er hatte sogar gesagt, dass *wir* Deutschland den Krieg erklären würden. Aus diesem *wir* konnte der Friseur die logische Folgerung ziehen, dass mein Onkel sich als Franzose fühlte.

Sein Schuldirektor, der ein ebenso fanatischer Nazi war wie der Friseur, bestellte ihn am folgenden Tag zu sich und erklärte ihm, dass derlei Äußerungen für einen Beamten des Reichs inakzeptabel seien. Und er ergriff die Gelegenheit, um ihn daran zu erinnern, dass man es höheren Ortes äußerst bedauerlich fand, dass die elsässischen Lehrkräfte sich sträubten, in die Partei einzutreten – womit sie doch sofort erreicht hätten, was sie lautstark forderten: eine Stelle im Elsass.

»Ach, weil ich Sie gerade spreche«, fuhr er fort, »nächste Woche findet im Gemeindesaal eine Parteiversammlung statt. Ich denke nicht, dass Sie an diesem Abend andere Aufgaben haben. Ich hoffe doch sehr, Sie da zu sehen!«

Mein Onkel ging hin, blieb aber ganz hinten im Saal. Ich kann mir vorstellen, dass sie am Ende der Versammlung alle aufgestanden sind und mit hochgerecktem Arm *Die Fahne hoch* und weitere musikalisch-dermatologische Werke gesungen haben, die allseits für die sofortige Entstehung einer Gänsehaut sorgten. Ich nehme an, er wusste, dass er beobachtet wurde. Wie ein Mann brüllte der Saal, dass fortan die Wege offen seien für die braunen Bataillone und dass die Sklaverei ein Ende habe.

Was hatte er in diesem Moment mit seinem Arm getan, Onkel Paul? Wie hat seine Haut auf die magnetischen Wellen reagiert, die durch den überhitzten Raum pulsierten? Die Untersuchung seiner Haut in genau diesem Augenblick hätte womöglich zu einem gewaltigen Vorstoß im Bereich der dermatomusikalischen Forschung geführt …

Kapitel 9

SEIT MEINER FRÜHESTEN KINDHEIT schäme ich mich, dieses Gefühl klebt mir an der Haut, und ich würde es gerne loswerden. Ich kann nichts dafür, dass mein Vater als *deutscher* Soldat in Russland gefallen ist – und er auch nicht –, das weiß ich wohl. Ich kann auch nichts dafür, dass meine Mutter in der Irrenanstalt in Rouffach gestorben ist. Aber es lässt mich einfach nicht los. Im Übrigen weiß ich, dass ich nicht wie die anderen bin. Die Leute mögen mich ganz gern, das stimmt schon, aber so, wie sie mich anschauen, haben sie wohl immer ein wenig Mitleid mit mir. Sogar bei meinem Onkel und meiner Tante ist das so: Sie haben mich aufgenommen wie ein armes, am Straßenrand zurückgelassenes Tier. Sie haben mich wie ihren eigenen Sohn behandelt, gewiss. Daniel ist ein Bruder für mich. Aber ich hatte immer Angst, ihnen zur Last zu fallen, überflüssig zu sein.

Letzten Dienstag habe ich mit Monsieur Jemand darüber gesprochen:

»Ich frage mich, ob ich nur deshalb ein schlechter Schüler war, weil ich Daniel allen Glanz und alle Ehre überlassen wollte …«

»Ja«, hat er nach einem langen Schweigen geantwortet.

Diese Äußerung nach wochenlangem Schweigen hat mich sehr berührt, aber an meinem Schamgefühl hat sie nichts geändert, an dieser zweiten Haut, die ich nähre wie ein eifersüchtiger Ehemann, der ständig irgendwelche Geschichten erfindet, um sich in seinen Obsessionen bestätigt zu wissen.

Onkel Paul, wie er Gänsehaut kriegt und die Hand hebt zum Nazigruß, wenn das Horst-Wessel-Lied ertönt! Können Sie sich das vorstellen? Ich tue es, und das bei allem, was er für mich getan hat. Immer haben mich heimliche Gedanken verfolgt, die ich jedoch nur Monsieur Jemand anvertraut habe. Wenn Onkel Paul sagte: »Hätte ich nicht diese Stelle in Kieselheim bekommen, wäre ich vielleicht jetzt nicht mehr da, weil ich nämlich wie alle andern eingezogen worden wäre,«, wenn er das sagte, dann dachte ich: »Das ist doch ungerecht. Er hat in einem warmen Klassenzimmer gestanden und ist abends zu Parteiversammlungen gegangen. Währenddessen war mein Vater in Russland und musste sich jeden Morgen fragen, ob er am Abend noch am Leben sein würde.«

Wozu soll ich es leugnen? Die Geschichte dieser beiden Brüder habe ich oft umfantasiert: ich habe Onkel Paul sterben und meinen Vater leben lassen. Ich weiß wohl, das ist Onkel Paul gegenüber nicht sehr nett, auch Tante Anna und meinem Cousin Daniel gegenüber nicht.

Aber es sind Gedanken, die mich regelrecht verfolgt haben und die ich bis heute nicht wirklich losgeworden bin. Man braucht sich also nicht zu wundern, dass ich mich, seit ich ein ganz kleiner Junge war, furchtbar schäme und von Schuldgefühlen verfolgt werde.

Mir ist sogar der Gedanke gekommen, in den Archiven der deutschen Behörden um Einsicht in Onkel Pauls Dienstakte zu bitten, stellen Sie sich das mal vor! Wenn ich nur dran denke, steigt mir die Schamesröte ins Gesicht. Immerhin habe ich die Spur von Arthur Schmitt wiedergefunden, dem letzten Überlebenden jener Gruppe von jungen Lehrern, die gleich ab Schulbeginn 1940 von den Nazis »umgeschult« wurden. Er war derjenige, der eines Tages ganz außer Atem zum regelmäßigen Treffen der elsässischen Lehrer kam und verkündete, er habe gerade von einer Fußgängerbrücke aus unten auf dem Gleis einen mit Juden überfüllten Zug stehen sehen.

Monsieur Jemand habe ich von meinem Vorhaben erzählt, ihn zu besuchen.

»Ich muss mich in diese Phase meiner eigenen Geschichte vertiefen, um mich dann endlich anderen Dingen zuwenden zu können. Ich weiß wohl, dass es nicht meine Geschichte ist, sondern die meines Onkels. Aber es tut mir leid, es ist doch auch ein bisschen meine Geschichte.«

Sofort habe ich hinter mir so etwas wie einen Seufzer der Hilflosigkeit gehört, gefolgt von einem missbilligenden Schweigen. Es ist verrückt, wie mich dieser Typ an manchen Dienstagen nervt.

»Es gibt etwas, was Sie völlig ignorieren, weil Sie unfähig sind, es zu verstehen. Ich meine die hysterische ... Verzeihung, ich wollte natürlich sagen: die historische Dimension, aber das haben Sie sowieso verstanden. Also die historische Dimension eines jeden Menschen. Diesbezüglich sind Sie für mich eine große Enttäuschung, ehrlich, auch wenn ich mich allmählich dran gewöhnt habe.«

Arthur Schmitt hatte mich in der Eingangshalle seines Altenheims erwartet, inmitten von anderen Alten, die anders als er nichts mehr zu erwarten schienen. Nach einer ganzen Reihe von Geschichten, unter anderem derjenigen, die ich ja schon kannte über den stehenden Zug, der von SS-Leuten mit Hunden bewacht wurde, entstand ein Schweigen. Er starrte mich lange an. Es war an mir, ihm Fragen zu stellen, aber plötzlich fragte er mich:

»Was wollen Sie eigentlich wissen?«

»Gab es denn wirklich keine Möglichkeit, diese ideologische Vereinnahmung zu vermeiden?«

Auf diese Frage war er wohl gefasst, so als hätten sie vor mir schon seine eigenen Kinder gestellt. Sein Tonfall wurde ein anderer. Ich hörte plötzlich den Lehrer, wie er einen Schüler zurechtweist, der ihn ärgert.

»Als Frankreich im Juli 1940 kapituliert hat, konnte man die Vogesen noch ein paar Wochen lang ohne Kontrolle passieren. Alle warteten gespannt darauf, was als nächstes geschehen würde. Als die Grenze dann Ende Juli abgeriegelt wurde, war es für die Zurückgebliebenen und ihre Verwandten praktisch unmöglich, noch rüber zu kommen, zumindest war es ein großes Risiko.«

»Aber einige haben es doch geschafft, oder?«

»Sicher. Aber unter unseren Kollegen waren das im Wesentlichen die frisch gebackenen Junglehrer. Dein Onkel hatte gerade geheiratet – und ich übrigens auch. Dein Cousin ist wenige Tage nach dem Zusammenbruch zur Welt gekommen.« (Plötzlich hatte er angefangen mich zu duzen, und nun konnte er seine Verärgerung nicht mehr verbergen.) »Wir haben gewartet. Ich weiß nicht worauf, aber wir haben gewartet. Jahrzehnte später ist es leicht zu sagen: ›Ihr hättet dies tun sollen, ihr hättet jenes verweigern müssen ...‹ Wir haben uns gedacht, es wird schon was passieren. Ende Juli war uns klar, dass wir wie die Ratten gefangen waren. Zack! Die Falle war plötzlich zugeschnappt. Weißt du, eines können die jungen Leute deiner Generation nicht verstehen: wir sind nicht so sehr zum Nachdenken erzogen worden, uns hat man nicht beigebracht, die Dinge zu hinterfragen, wie man heute sagen würde. Brave Christen sollten wir sein, ernsthaft und eifrig arbeiten sollten wir, bescheiden bleiben, nicht auffallen. Solange man nicht verheiratet war, lieferte man sein Gehalt den Eltern ab. Diejenigen, die das Maul aufgerissen haben, die andere Vorstellungen hatten von der

Armee, der Religion oder dem Gehorsam zum Beispiel, die waren nicht gut angesehen. Man hat sich in Acht genommen vor denen, die immer *d'Nàas vorne dràa* hatten, die Nase vorn, die sich überall vorlaut zu Wort gemeldet haben, wenn dir der Ausdruck lieber ist.«

»Das hat sich ja nicht so sehr geändert ...«

»Ja, aber damals war es schlimmer. Mein älterer Bruder, der vor ein paar Monaten gestorben ist, gehörte zu jener Altersklasse, die dreimal einrücken musste: zum normalen Militärdienst als französischer Soldat, danach, 1939, zum Kriegseinsatz in der französischen Armee, bis sie 1942 schließlich zur deutschen Wehrmacht eingezogen wurden. Er kam erst 1946 aus Russland zurück, wir hatten kaum mehr Hoffnung gehabt, ihn wiederzusehen. Ich glaube, er hat insgesamt mehr als sechs Jahre lang in verschiedenen Uniformen gedient. Ich will dir mal was sagen, damit du die Mentalitäten in unseren Familien damals verstehst. Als er zum ersten Mal zum Wehrdienst geholt wurde, hat ihm unsere Mutter gesagt: ›*Sej a güader Soldàt*‹ – ›Sei ein guter Soldat‹. Als 1939 der Krieg erklärt wurde, hat sie ihm das Gleiche gesagt. Und als er 1942 zur Wehrmacht musste, hat sie es noch einmal wiederholt. So war unsere Mutter. Etwas rau von Charakter. Damals gab es viele Mütter wie die unsere, sie hatten nicht viel Zärtlichkeit für ihre Söhne übrig. Ich glaube, mein Bruder hat ihr das nie ganz verziehen. Damals konnte eine elsässische Mutter ihrem Sohn, der in den Krieg zog, einen solchen Satz sagen. Kannst du dir vorstellen, dass deine Mutter heute so einen Satz sagen würde?«

Er wusste offenbar nicht, dass meine Mutter im Irrenhaus in Rouffach gestorben und dass ihr im Keller in Heimsdorf eine Ratte übers Gesicht gelaufen war. Zum Glück hat er mich nicht gefragt, ob ich Kinder habe. Undenkbar, Arthur Schmitt erklären zu müssen, dass ich viel zu sehr mit mir selbst beschäftigt bin, um welche zu haben, oder ihm von meinem Sohn Nicolas zu erzählen, den ich auf der Straße nicht einmal erkennen würde. Er hätte mich gefragt, womit ich denn so beschäftigt bin. Ich hätte geantwortet, mit all diesen Geschichten aus der Vergangenheit, die mir im Kopf herumgehen. Dann hätte er die Augen weit aufgerissen und gedacht: »Worüber beklagt der sich denn? Anstatt sein Leben zu leben, denkt er darüber nach, ob sein Onkel ein Held oder ein Feigling war!« Denn das habe ich sehr wohl gespürt: Für ihn war ich so ein heimtückischer Kerl, der nichts anders tut, als die vorangehenden Generationen zu verdächtigen und ihnen vorzuwerfen, sie seien nicht mutig genug gewesen … Dann fuhr er fort:

»Du bist nicht der Erste, der mich ausfragt. Die Leute Deiner Generation fangen an, sich Fragen zu stellen, wenn ihre Eltern tot sind, in deinem Fall nach dem Tod deines Onkels. Als sie euch früher ihre Geschichten erzählt haben, da habt ihr kaum zugehört. Und jetzt tut es euch allen Leid, dass ihr nicht mehr Fragen gestellt habt. Neulich hat mich eine Frau gelöchert, deren Vater in der Umschulung war: bis ins letzte Detail wollte sie wissen, was man uns dort beigebracht hat.«

Da war mir endgültig klar, dass auch ich ihn nervte. Wir haben uns in der Empfangshalle verabschiedet, unter den leeren Blicken der anderen Greise. Ich habe ihm versprochen, dass ich ihn demnächst wieder mal besuchen werde. Er wusste genau, dass ich log.

An dem Abend nach meinem Besuch bei Arthur Schmitt ging ich zum Eröffnungsempfang einer Historikertagung, die mich interessierte, ja persönlich betraf: »Gedächtnis und Geschichte« lautete das Thema. Ich kam erst nach den Reden. Vom kalten Büffet, das offenbar reichhaltig gewesen war, waren nur noch ein paar Schälchen mit Erdnüssen übrig, auf die ich mich nervös gestürzt habe. Später wurde mir klar, woher mein hektischer Zustand kam: Nach meiner Begegnung mit dem alten Mann schämte ich mich!

Man reichte mir ein Glas eisgekühlten Weißwein. Okay, Weißwein trinkt man kühl, so wird es einem immer eingeimpft. Versuchen Sie mal, jemandem zu erklären, dass man Weißwein ... na ja, nicht gerade lauwarm trinkt, aber »chambriert«. Achten Sie auf die Reaktion. Die Leute sind ja so vorgeprägt. Aber dieser Wein, es tut mir leid, er war nicht *kühl*, er war eiskalt. Eiskalten Weißwein auf leeren Magen vertrage ich nicht. Aber die Begegnung mit Arthur Schmitt hatte mich so sehr aufgeregt, dass ich das Glas in einem Zug leer getrunken habe.

Ich glaube, ich hätte ihn nicht so brutal fragen dürfen, ob es wirklich keine Möglichkeit gab, sich dem Nazi-Schulsystem zu entziehen. Das war der Augenblick, als er sehr nervös wurde, das habe ich wohl gemerkt.

Bei dem Empfang gab es leider kein Bier und mein Glas war leer. Jemand füllte es wieder auf und ich habe es genauso geleert wie das erste, in einem Zug, denn die gesalzenen Erdnüsse hatten mich nicht wirklich satt, dafür aber sehr durstig gemacht. Die Leute gingen allmählich. Die Kellner hatten mehr und mehr Zeit, die Gläser der noch Anwesenden zu füllen. Ich spürte, wie mir allmählich am ganzen Körper feucht-warm wurde. Ich war dabei, der Vergangenheit meines Onkels nachzuschnüffeln, ich, der ich aus meinem eigenen Leben nichts gemacht hatte, nicht einmal im Algerienkrieg hatte ich gekämpft. Also leerte ich die Gläser immer schneller. Ich hatte nicht besonders Lust, nach Hause zu gehen. Ich wusste, dass all die Fragen auf der Stelle hochkommen würden, sobald ich allein in meiner Küche säße.

Und sie kamen in der Tat sehr schnell und sehr heftig hoch. Gleichzeitig mit der Migräne – und genauso brutal. Das war ein schlechtes Zeichen. Die Migräne, diese alte Genossin, die kenne ich nur zu gut. Wenn ich zuviel Weißwein intus habe, stellt sie sich mitten in der Nacht ein, nachdem sich die allzu kühle Flüssigkeit durch meinen Körper einen Weg gebahnt hat, den ich nie richtig durchschaut habe. Dann schluck ich zwei Tabletten und schlafe wieder ein, aber ich weiß, dass es mindestens vierundzwanzig Stunden dauern wird, bis ich wieder einen klaren Kopf habe. An jenem Abend war es eine regelrechte Migräne-Offensive, ein Überfall. Sie packte mich hinten am Schädel und sprang in Wellen nach vorn bis zu den empfindlichsten Stellen der Schläfen, die ich heftig massierte, in der Hoffnung, die Weißwein-Dämpfe auszutreiben. Ich verfluche meinen Besuch bei Arthur Schmitt. Ich verfluche mich, weil ich zu diesem verdammten Empfang gegangen war. In meinen Schläfen klopfte es. Die Waschlappen, die ich mit kaltem Wasser getränkt und mir auf die Stirn gelegt hatte, zeitigten keinerlei Wirkung. Den Blick dieses alten Uhus Arthur Schmitt habe ich dann auch noch verflucht. Eine kalte Dusche als letzte Lösung? Das lenkt ab: Während man sich zu einer eiskalten Dusche zwingt, braucht der Körper soviel Energie, um der Kälte zu widerstehen, dass die Migräne zeitweilig in den Hintergrund rückt.

Das Schlimmste ist, dass ich den Kellner des Empfangs auf der Straße nicht wiedererkennen würde. Es wäre mir jedoch eine Genugtuung, sollte ich ihn identifizieren können, ihn mit Blicken zu ermorden. Wortlos. Wenn ich erst anfange, ihn anzureden, dann antwortet er mir. Sein Gejammere höre ich jetzt schon. Ihn trifft doch keine Schuld, er hat doch nur die Anweisungen seines

Chefs befolgt, und als er klein war, hat man ihm beigebracht, dass man Befehlen immer folgen muss, ohne nachzudenken. Er wird zwar nicht antworten, es war halt Krieg, weil der Krieg ja vorbei ist, zumindest vorläufig. Nein, er wird sagen, dass sein Chef ihn getriezt hat: »Wir haben sechs Kisten Gewürztraminer mitgebracht und sie haben nicht einmal eine getrunken! Solche Leute trinken nur Wasser. Ich muss euch doch nicht daran erinnern, dass wir hier sind, um Umsatz zu machen?«

Ich lass' es lieber dabei bewenden. Ich habe keine Lust, mir noch mal eine Migräne zu holen, nur weil ich an diesen furchtbaren Tag zurückdenke.

Kapitel 10

Es gibt Grossvätersprüche, die »rostfrei« sind. Sie sind nicht totzukriegen, einfach nur, weil sie von Großvätern stammen. In unserer Familie lautete der berühmteste Satz von der Sorte – Sie kennen ihn schon, er war 1940 gefallen, als »sie« gekommen sind, beim Vorbeimarsch der Wehrmacht hatte mein Großvater im Esszimmer den Vorhang etwas zur Seite geschoben: »*Sen d'namliga nem.*« Alle, die ihn gehört hatten, spürten, dass dies ein historischer Spruch war. Immerhin, der Großvater kannte »sie« ja, schließlich war er als Deutscher zur Welt gekommen, in die deutsche Schule gegangen und hatte den Ersten Weltkrieg an »ihrer« Seite mitgemacht.

1918 hatte er im Buch seines Lebens das preußische Kapitel abgeschlossen. Er war nicht wie einer seiner Kameraden vor Freude in Ohnmacht gefallen, als er erfuhr, dass das Elsass wieder französisch wurde, dazu war sein Nervenkostüm zu solide, nach all dem, was er in Russland durchgestanden hatte. Seine Rückkehr hatte er den Riesenschirmpilzen zu verdanken, die man auch roh essen kann, und dem Birkenholz, das man auch in feuchtem

Zustand zum Brennen bringen kann, wenn man einigermaßen geschickt ist.

Für ihn waren die Dinge von nun an einfach: Von den Preußen wollte er nie wieder was hören. Heimsdorf war nicht allzu weit weg von der Grenze, aber mein Großvater hat den Rhein nie wieder überquert. Von diesem Abschnitt seines Lebens, dem vor 1918, blieben nur noch die Russland-Geschichten, die er erzählen konnte. Als hätte er den Kontinent gewechselt und in seinem Bündel nur Geschichten von roh gegessenen Pilzen mitgebracht, von eilends verscharrten toten Kameraden, von den Pferden der Armee des Zaren, die Baumrinde fraßen … Mehr war nicht. Jetzt war er Franzose. Er sprach kein Wort Französisch? Na und! Sein Sohn war Volksschullehrer und las unentwegt dicke französische Bücher! Hätte es den Zweiten Weltkrieg nicht gegeben, wären die Dinge ganz einfach geblieben. Die Vergangenheit, *seine* Vergangenheit, war eine deutsche. Die Zukunft, das war sein ältester Sohn, der französische Lehrer.

Als er dann 1940 gesagt hat: »*Sen d'namliga nem*«, es sind nicht mehr dieselben, da haben sie ihn alle ganz komisch angeschaut in der Familie. Das waren doch Deutsche, deutsche Soldaten! Das war er doch auch gewesen im Krieg davor, oder? Also! Und seine Geschichten über den Krieg in Russland hatte er wahrlich oft genug von sich gegeben. Was sollte also dieses abschließende Urteil: »Es sind nicht mehr dieselben«?

Ach wissen Sie, ich denke, dass die Leute, hier wie auch anderswo, zur Welt kommen, um ein Leben weitab von der Geschichte zu leben, dass aber die Geschichte sich das nicht immer gefallen lässt. Sie schmeißt ihr Leben über den Haufen, ohne viel zu fragen. Manchmal verhält sich die Geschichte den Menschen gegenüber wie jene Spaziergänger, die mit sadistischer Freude das Leben eines Ameisenvolks zerstören, indem sie mit einem Stock in seinem Haufen herumstochern. Die im ersten Drittel des 20. Jahrhunderts geborenen Elsässer wären hocherfreut gewesen, wenn sie ein unbeschwertes Leben hätten führen können: eine Kindheit auf dem Land, eine etwas harte Kindheit zwar, von der man aber später stolz und nostalgisch seinen Enkeln erzählt, Wehrdienst ohne Krieg, Aussteuer, an der man stickt und häkelt abends neben dem Ofen, Hochzeit, Kinder, Garten, Kirche, Bienenstöcke, Erstkommunion, Firmung, Reise nach Lourdes, Hochzeit der Kinder. Und zu Weihnachten eine Orange.

»Zu Weihnachten eine Orange« bedeutet, dass es am Weihnachtsabend eine Orange pro Familienmitglied gab, und dass *diese Orange die einzige war im ganzen Jahr*: die Jahresorange sozusagen. Diese Orange ist der Eckstein aller Berichte über die erste Hälfte des 20. Jahrhunderts. Vielleicht sind Sie der Meinung, dass diese Frage eine sorgfältigere Untersuchung wert wäre, etwa im Rahmen einer Studie zur regionalen Wirtschaftsgeschichte? Die Studie würde höchstwahrscheinlich ergeben, dass im Elsass zu jedem 24. Dezember 1.327.423 Orangen importiert wurden, das heißt, die Durchschnittzahl der elsässischen Bevölkerung in der entsprechenden Zeit. In den Folgejahren hat jeder der eine Million Dreihundertsiebenundzwanzigtausendvierhundertdreiundzwanzig Weihnachtsorangenempfänger seinen Kindern und später seinen Enkelkindern jahrelang erzählt, dass es in seiner Jugend im ganzen Jahr nur eine einzige Orange gab, die Orange des 24. Dezember. Auf eine der zahlreichen, in meinem Keller gestapelten Schuhschachteln habe ich folgenden Vermerk aufgeklebt: »Die Weihnachtsorange, strukturstiftender Bestandteil der Vorstellungswelt und des Familienglücks in der ersten Hälfte des 20. Jahrhunderts«. Vorerst ist die Schachtel noch leer, aber eines Tages werde ich die Frage vertiefen, insbesondere den Aspekt des Familienglücks – denn der krönende Abschluss dieser Geschichten ist immer der gleiche: Man bekam nur eine Orange zu Weihnachten, aber man war glücklich …

Mich persönlich hat das Ende dieser Geschichten immer melancholisch gestimmt, denn mir gelingt es nicht, glücklich zu sein, und dabei habe ich überhaupt kein Problem, mir Orangen zu besorgen. Aber meine Hoffnung habe ich noch nicht aufgegeben. Das ist ja der Grund, weshalb ich um nichts in der Welt einen meiner wöchentlichen Termine bei Monsieur Jemand verpassen möchte.

Das Schicksal hat es jedoch gewollt, dass unsere Eltern und Großeltern nicht nur Geschichten um die Weihnachtsorange zu erzählen hatten. Die Geschichte hat verfügt, dass ihr Aufenthalt auf Erden nicht nur friedvoll verlaufen ist, dass sie nicht seelenruhig in ihrem Ameisenhaufen ihr Leben gefristet haben, da besagter Ameisenhaufen nämlich unglücklicherweise am Rande eines viel begangenen Weges lag. Und die Geschichte konnte es sich nicht verkneifen, bei jeder Generation einen Stock in diesen Ameisenhaufen zu rammen, einen Stock, den sie ausgiebig bewegt und gedreht hat, um sich über diese kleinen verstörten Wesen lustig zu machen, die dann kreuz und quer in alle Richtungen rannten.

Die der nachfolgenden Generation, der meinen, wurden mitten in den Wiederaufbau des Ameisenhaufens hineingeboren, sie waren überzeugt, dass fortan *sie* die Gestaltung der Geschichte in die Hand nehmen würden. Für mich ist alles ganz gut angelaufen. Scheinbar zumindest. Meine Vorfahren träumten von einem Wehrdienst ohne Krieg. Einige, wie etwa mein Vater, waren nicht wieder heimgekommen. Ich habe weder Krieg noch Wehrdienst erlebt. Das habe ich ja schon erzählt: Es war sehr merkwürdig für mich, dass ich im Gegensatz zu allen anderen Männern der Familie und des Dorfs einer war, der nie in den Krieg musste. Daniel, der gerade mal ein Jahr älter war als ich, sagte zwar immer: »Du bist ein Idiot, ehrlich, du brauchst nichts zu vermissen, glaub mir, wirklich nichts, meine Jahre in Algerien sind die blödesten meines ganzen Lebens, und das ist eher untertrieben ...« Aber ich habe gespürt, dass mir etwas fehlte. Denn bei uns musste ein Mann, ein richtiger Mann, eines Tages in den Krieg gezogen sein. Er mochte vielleicht nicht zurückgekommen sein wie mein Vater und mein Großvater Theophil. Aber alle Männer um mich herum hatten einen Krieg mitgemacht in ihrem Leben und waren wieder zurückgekommen. Und ich, ich habe noch nicht einmal ein Gewehr in der Hand gehalten.

Darüber habe ich neulich mal wieder mit Monsieur Jemand gesprochen:

»Es gibt da eine Kindheitserinnerung, die mir unlängst wieder eingefallen ist. Wenn die ›*conscrits*‹, die frisch Einberufenen, vom Musterungsausschuss nach Hause kamen, meist in volltrunkenem Zustand, fuhren sie einmal ums Dorf auf einem Anhänger, der von einem Traktor gezogen wurde. Und hinten an diesem Anhänger befestigten sie ein Schild, auf dem in großen roten Buchstaben zu lesen stand: »Tauglich für den Wehrdienst, tauglich für die Mädchen!« Ich aber war ausgemustert worden, also habe ich mir gedacht, vielleicht ...«

Am Schweigen, das er mir entgegensetzte, habe ich gespürt, dass er der Meinung war, es gebe keinen Zusammenhang zwischen dem nicht erlebten Krieg und der nicht vorhandenen Frau. Ich frequentiere Monsieur Jemand schon so lange, dass ich mit der Zeit gelernt habe, sein

Schweigen zu interpretieren. Es gibt Schweigen, mit denen er mir sagt: »Nein, da liegst du falsch«, so etwa das Schweigen an jenem Tag. Aber es gibt auch andere Schweigen, solche, die mich ermutigen sollen und die mir gewissermaßen ins Ohr flüstern: »Mach nur weiter so, du bist auf dem richtigen Weg!« Solche Schweigen höre ich jedes Mal, wenn ich von Daniel spreche. Ich muss es ja ganz ehrlich zugeben, Monsieur Jemand ist wirklich ein Meister in seinem Fach. Ich würde ihn jedem empfehlen. Aber in Heimsdorf ist das nicht notwendig. Außer mir geht's dort allen gut.

Na ja, es gab natürlich auch an manchen Dienstagmorgen-Terminen Schweigen in meinem Rücken, bei denen das regelmäßige Atmen deutlich hörbar wurde, das Atmen eines Menschen, der gerade eingenickt war. Aber ich mache ihm keinerlei Vorwürfe. Ich hätte es nie gewagt, ihn zu wecken. Höchstens habe ich ein paar Dienstage später eine leise Anspielung gemacht. Ein Könner wie er ist natürlich sehr gefragt, also auch sehr müde. Und außerdem, jetzt mal ganz ehrlich, ich finde, es ist ihm hoch anzurechnen, dass er sich seit Jahren meine Geschichten anhört, die Sie ja auch langsam kennen. Aber das kann man natürlich nicht vergleichen, denn von Ihnen erwarte ich nichts. Heute stellt sich die Frage der nicht vorhandenen Frau in meinem Leben nicht mehr. Ich bin viel zu beschäftigt mit meinen ganzen historischen Arbeiten, und ich glaube auch nicht, dass es viele

Frauen gibt, die bereit wären, sich in meinem Keller niederzulassen, obwohl es da so angenehm zu leben ist.

Als Kind war ich »Kriegswaise der Nation«, weil Frankreich verfügt hatte, dass mein Vater, der in der Uniform der Wehrmacht in Russland gefallen war, in Wirklichkeit für Frankreich gefallen war. Ich habe lange gebraucht, bis ich kapiert habe, wie so was sein konnte, und ich bin auch heute, ein paar Jahrzehnte nach Kriegsende, nicht ganz sicher, ob ich es tatsächlich verstanden habe. Im Sommer habe ich immer einen Monat im Ferienheim für die »Kriegswaisen der Nation« verbracht. Da war ich dann mit anderen Kindern zusammen, deren Väter genau wie meiner in Russland für Frankreich gefallen waren. Wir haben nie darüber gesprochen, aber das hatten wir gemeinsam, dieses sonderbare, unsagbare Schicksal: Väter nämlich, die weit weg im Osten in Massengräbern verscharrt worden waren.

Als die ersten jungen Männer aus Heimsdorf nach Algerien ausgerückt sind, da spürte ich sehr wohl, wie besorgt Onkel Paul war; es war eine Besorgnis, die er von den vorhergehenden Generationen geerbt hatte. Er wusste, dass man zu Beginn der Kriege den Leuten immer die gleichen Geschichten erzählt: »Es ist nicht so schlimm, ihr werdet schon sehen ...«, oder aber: »Keine Sorge, es wird nur ein paar Wochen dauern.« Er wusste auch, dass anfangs immer nur eine bestimmte Altersklasse eingezogen wird, aber je länger es dauert, je mehr die Konflikte sich hinziehen, desto mehr Leute werden zu den Fahnen gerufen. Deshalb sahen die Väter, die das selber erlebt hatten, ihre Söhne besorgt an, wenn die anfingen, sich den Schnauzer zu rasieren.

Mein Onkel hatte große Angst beim Gedanken, dass Daniel, sein einziges Kind, in diesen merkwürdigen Krieg verwickelt würde, der noch nicht einmal als Krieg bezeichnet wurde. Es war kein offizieller Krieg. Es waren nur »Ereignisse«. Sehr blutige zwar, aber eben Ereignisse. Mir sagte er immer wieder: »Du wirst nicht nach Algerien eingezogen, weil dein Vater in Russland gefallen ist.« Damals dachte ich, das sei automatisch der Fall, obwohl ich es eigentlich merkwürdig fand, dass mir erspart bleiben sollte, für Frankreich zu kämpfen, weil mein Vater als deutscher Soldat umgekommen war. Auf jeden Fall fühlte ich mich Daniel, meinem Onkel und meiner Tante gegenüber gar nicht wohl. Wenn man bedenkt, was sie alles für mich getan hatten: Daniel muss nach Algerien und ich bleib zu Hause!

Seit ich in meinem Keller bin, hab ich mir Zeit genommen, diesen ganzen Fragen auf den Grund zu gehen. Ich habe beim Ministerium für ehemalige Frontkämpfer nachgebohrt, das ja allmählich weniger zu tun haben muss; schließlich hat man mir den »Erlass Nr. 4320 des Generalstabs der Armee vom 20. Oktober 1959 bezüglich der Befreiung vom Militärdienst in Algerien« geschickt. Und was habe ich da erfahren? Um befreit zu werden, musste man einen Antrag stellen! Aber diesen Antrag habe ich nie gestellt. Ich nehme an, dass Onkel Paul mir irgendwann einmal ein Formular zur Unterschrift vorgelegt hat, ohne mir Genaueres zu erklären. Böse kann ich ihm deswegen nicht sein. Er hat es für mich getan, und für seinen Bruder. Aber er hätte es mir erklären, mir die Wahl lassen sollen. Finden Sie nicht? Aber – ich wiederhole mich – bei all dem, was er und Tante Anna für mich getan haben, sage ich lieber nichts.

Kapitel 11

Ich möchte kurz auf eine Frage zurückkommen, die ich schon angeschnitten, aber nicht wirklich diskutiert habe. Aber jetzt muss ich sie unbedingt noch einmal aufgreifen. Sie werden gleich verstehen, warum.

Als ich noch in der Stadt wohnte, fragte ich mich jeden Morgen, nachdem ich meine Wohnung verlassen hatte, ob meine Türe denn auch wirklich abgeschlossen war. Meistens war ich ganz sicher, dass ich den Schlüssel zweimal im Schloss umgedreht hatte. Aber eigentlich kann man nie ganz sicher sein. Wenn ich so ziemlich sicher bin, dass ich abgeschlossen habe, dann verwechsle ich das vielleicht mit gestern, wo ich den Schlüssel tatsächlich zweimal im Schloss umgedreht habe, während ich ganz fest daran dachte, dass ich gerade den Schlüssel zweimal im Schloss umdrehe. Ich sage ja auch: *ziemlich sicher!* Ist das nicht schon ein Beweis? Wie kann man überhaupt einer Sache *ziemlich* sicher sein?

Schlimm war das nicht. Ich parkte nur schnell mein Auto auf dem Bürgersteig und lief nach Hause, um nachzuprüfen, ob die Tür auch richtig abgeschlossen war, und das war in all den Jahren immer der Fall. Ich eilte zum

Auto zurück, aber manchmal machte ich dann doch noch einmal kehrt, um ganz sicher zu sein, dass ich mich nicht getäuscht hatte. Dieses zweite Nachprüfen war kein großer Aufwand, höchstens zehn oder fünfzehn Meter hin und zurück. Und da ich ja ganz in der Nähe meiner Tür war, wäre es dumm gewesen, diese allerletzte Prüfung zu unterlassen.

Nun, ich gehe genauso vor, wenn ich in dem Erinnerungsschrank meiner Familie herumspaziere. Denn sobald man die Türen dieses Schranks öffnet – das muss einem klar sein – stößt man auf unzählige Schubladen, und in jeder Schublade befinden sich Schachteln, die wiederum kleine Kästchen enthalten.

So, und jetzt mache ich den Sprung zurück in das Jahr 1942 und begebe mich in das Dorf in Württemberg, wohin Onkel Paul als Lehrer versetzt worden war, und greife eine Geschichte auf, die er oft erzählt hat, die Geschichte von Herrn und Frau Kleinling und ihrem einzigen Sohn Achim. Die Kleinlings wohnten gegenüber von der Schule über der Schusterwerkstatt von Vater Kleinling. Vor der Nazizeit waren sie eifrige Lutheraner gewesen, die sich um Politik nicht kümmerten. Als Achim jedoch zur Hitlerjugend stieß und da sehr bald alle Stufen der Hierarchie erklomm, hörten sie auf, den Gottesdienst zu besuchen. Dafür übernahm der Sohn, den sie bewunderten und auch ein bisschen fürchteten, ihre national-sozialistische Schulung.

Als sehr junger Mann war er der SS beigetreten, und an jenem Abend ging er mit seinen Eltern zum Essen ins Dorfwirtshaus. Am Nachbartisch saß der elsässische Lehrer. Onkel Paul war fasziniert vom Kontrast zwischen diesen Eltern – sie sahen aus wie zwei alte, vom Lauf der Welt überforderte Leutchen – und ihrem geschniegelten, uniformierten Sohn, der sehr stolz darauf zu sein schien, an einem neuen Kapitel der Menschheitsgeschichte mitzuschreiben.

Der Sohn sprach ruckartig und selbstsicher. Hin und wieder wagten seine Eltern, eine Frage zu stellen, was sie sofort zu bereuen schienen, denn in jeder Antwort des Sohnes schwang eine gewisse Verachtung mit. Achim ließ sie erstarren. Er sprach eine Sprache, die sie kaum verstanden, eine Sprache, die ganz anders klang als die, die im Schusterladen gesprochen wurde. Sie bewunderten diesen Sohn, den sie kaum wiedererkannten. Aber es war ihnen anzusehen, dass diese Bewunderung mit Furcht einherging. Sie erinnerten an Forscher im Labor, die sich fragen, ob die Erfindung, auf die sie eigentlich sehr stolz sind, nicht eines Tages von anderen missbraucht werden könnte.

Onkel Paul konzentrierte sich auf seine Gulaschsuppe, aber Achim sprach immer lauter, erkennbar mit der Absicht, ihn in das Gespräch hineinzuziehen. *Frankreich, die Franzosen, Paris* waren die Worte, die am häufigsten wiederkehrten, und sie waren eindeutig auf ihn gemünzt. Mein Onkel hatte beschlossen, nicht aufzuschauen, den Blickkontakt unbedingt zu vermeiden. Daraufhin sprach Achim ihn direkt an:

»Kennen Sie Frankreich?«

Nun half keine Ausflucht mehr, er hob den Kopf und begegnete dem siegessicheren Blick des jungen Mannes, der vor dem Krieg sein Schüler hätte sein können. Doch diesmal würde man ihn nicht drankriegen, die provozierenden Worte des Friseurs waren ihm eine Lehre gewesen.

»Nein, überhaupt nicht.«

Achim aber kannte es, Frankreich. Sehr gut sogar. Ein schönes Land, das musste man schon zugeben. Er hatte ja alles mitgemacht, Flandern, die Champagne, und natürlich kannte er auch Paris. Und derzeit hielt er sich in der Normandie auf. Étretat, *kennen Sie Étretat? Nein? Sehr schön, sehr schön ...* Und der Blitzkrieg, natürlich war das ein Meisterwerk militärischer Strategie. Seit Napoleon hatte man so was nicht mehr erlebt. Er war sehr stolz, dabei gewesen zu sein. Er konnte nicht verstehen, dass man nach solchen Heldentaten noch an der Überlegenheit des deutschen Volkes zweifeln konnte.

Um seinen Blick nicht aushalten zu müssen, hatte sich mein Onkel lächelnd dem Schuster und seiner Frau zugewandt. Seine innere Stimme sagte ihm: »Er provoziert dich. Er provoziert dich. Antworte auf gar keinen Fall, mach es nicht wie beim Friseur mit der Polengeschichte. Lächle die Eltern an und halt's Maul!«.

Niemand antwortete auf die Ergüsse des jungen Eroberers. Mein Onkel nutzte das Schweigen und zog ein Buch aus der Tasche. Er hatte immer ein Buch dabei, wenn er im Dorf ins Wirtshaus ging. In solchen Situationen waren Bücher viel wichtiger als Gulaschsuppen, denn man konnte sich endlos darin vertiefen, während die Gulaschsuppe, auch wenn man sie ganz langsam löffelte und am Ende noch seinen Teller mit einem Stück Schwarzbrot auswischte, zwangsläufig irgendwann aufgegessen war.

»Was lesen Sie denn?«, fragte Achim plötzlich.

»Deutsche Literatur ...«

»Das will ich doch hoffen!«, sagte er und bedachte seine Eltern mit einem augenzwinkernden Lächeln.

»Ich lese Schiller. Den kennen Sie doch, denke ich?«

»Ich habe viel von ihm gehört. Bei der HJ hat man uns gesagt, dass wir unbedingt Goethe und Schiller lesen sollten. Aber ich habe bisher noch keine Zeit gehabt zum Lesen. Sport ist für mich wichtiger als alles andere.«

»Was? Sie haben nie Schiller gelesen? Das kann ich nicht glauben: Ein Deutscher wie Sie, der Schiller nicht kennt! Den müssen sie unbedingt lesen, unbedingt!«

»Ach wissen Sie, mitten im Krieg hat man anderes zu tun ...«

»Sie sollten mit den *Räubern* anfangen.«

»Warum gerade damit?«, fragte der junge Soldat, der plötzlich argwöhnisch wurde.

»Weil es Schillers erstes Drama ist. Er hat es geschrieben, als er noch kaum so alt war wie Sie, ...«

Das darauf folgende Schweigen war wie ein Lichtstrahl, wie ein Hauch von lange vergessener Freiheit. Während er so tat, als würde er sich wieder in sein Buch vertiefen, dachte mein Onkel, dass er mit dieser Geschichte beim nächsten Treffen der elsässischen Lehrer im Mittelpunkt stehen würde. Er sah sich schon, wie er sie seiner Frau, seiner ganzen Familie erzählen würde. Diese Geschichte war die Rache für alle Erniedrigungen. Allzu oft war er wütend darüber gewesen, dass er zwischen der absoluten Unterwürfigkeit und der unnötigen und gefährlichen Aggressivität nicht das richtige Maß gefunden hatte. Wie oft hatte er sich, seit er in diesem Dorf lebte, gerade erlebte Situationen ins Gedächtnis gerufen, und dabei war ihm zu spät, immer zu spät, die richtige Antwort auf diese oder jene Provokation eingefallen! Und nun, an diesem Abend, in einer verrauchten Dorfkneipe, wo der Austausch mit der Schusterfamilie gefährlich zu werden drohte, nun war das Wunder geschehen. Der deutsche Dramatiker und seine *Räuber* hatten ihm mit einer einzigen Antwort die Menschenwürde wiedergeschenkt.

Für meinen Onkel war es ein Hochgenuss, diese Geschichte zu erzählen. Sie war ihm so teuer, weil er wusste, wie schwierig es ist, die wenigen, sozusagen maßgeschneiderten Worte zu finden, um den Gedanken auszudrücken, der einen bewegt. Im Grunde ist das auch die Klippe, auf die ich seit Jahren bei Monsieur Jemand stoße: Ich finde die richtigen Worte nicht, nicht etwa die, die mich aus meinem Keller herausführen könnten, denn dort fühle ich mich ja sehr wohl, sondern die, mit denen ich das Drinbleiben positiv erleben könnte.

Bei der Sitzung am vergangenen Dienstag habe ich wieder einmal die meiste Zeit geschwiegen. Als ich bemerkt habe, dass nur noch fünf Minuten Zeit blieben, dachte ich, dass es doch zu dumm wäre, gar nichts gesagt zu haben. Nicht nur wegen des Honorars. Man muss wissen, dass ich am Dienstagmorgen den Wecker um sechs Uhr stelle, weil ich mit dem Bus von Heimsdorf zum nächstgelegenen Bahnhof fahren muss, und wenn ich dann in der Stadt ankomme, habe ich weitere zwanzig Minuten Busfahrt bis zu ihm. Also habe ich ihm gesagt:

»Ich fühle mich unentwegt von einer regelrechten Flut von Worten, Sätzen, Reden überschwemmt, aber ich finde nie die richtigen Worte, um diese Flut aus meinem Kopf herauszuleiten.«

Die Antwort, die nach einem gebührenden Schweigen fiel, hat mich nicht wirklich erstaunt:

»Darüber reden wir am nächsten Dienstag!«

Kapitel 12

Dass es in meinem Leben seit mehr als zwanzig Jahren keine Frau gibt, ist für mich eine endgültig erledigte Frage, das hab ich Ihnen schon gesagt. Allerdings hat sich das nicht von selbst ergeben. Ich habe unzählige Sitzungen bei Monsieur Jemand damit zugebracht, kein Wort rauszukriegen, wo ich mir doch als festes Ziel gesetzt hatte, einzig und allein darüber zu sprechen. Am Ende einer jeden Sitzung habe ich mir geschworen, es beim nächsten Mal zu schaffen.

Wenn ich an all diese stummen Stunden denke, sehe ich den feinen Riss in der Decke, der von einer Ecke des Raumes diagonal zur andern lief. Genau über der Couch war die Tapete schlecht aufgeklebt worden und löste sich ganz allmählich. Eines Tages, nach einem Urlaub, stellte ich überrascht fest, dass das Stück Tapete wieder festgeklebt worden war. Aber nicht ordentlich festgeklebt, denn wenige Wochen später fing sie wieder an, sich zu lösen. Ich machte diesbezüglich eine Bemerkung, wobei ich anklingen ließ, dass sich mir die Frage aufgedrängt habe, wer denn ursprünglich die Tapete aufgeklebt und danach so schlecht wieder festgeklebt hatte.

Natürlich hatte ich mir gedacht, der dilettantische Tapezierer sei Monsieur Jemand gewesen – was für einen jungen Psychotherapeuten übrigens keine Schande sei, fügte ich sofort hinzu. Er war ja in der Tat sehr wagemutig gewesen, sich in einer Stadt niederzulassen, wo es schon genug Therapeuten pro Quadratmeter gab, was einige Leute ungehemmt mit der schwierigen Vergangenheit unserer Gegend erklären.

Eines Tages habe ich die Vermutung ausgesprochen, dass das ewige Fragen nach meiner Beziehung zu den Frauen so etwas wie eine Beleidigung all jener Männer sei, deren Leichen in Russland vergraben waren, und auch jener Frauen, deren Brüste sich allmählich zum traurigen Hängebusen wandelten, ohne dass eine Männerhand sie je gestreichelt hätte. Er hat keinen Kommentar dazu abgegeben, was mich wirklich verstimmt hat. Zur Strafe habe ich ihn mit einigem Nachdruck gefragt, wer denn der Knilch sei, der die Tapete über der Couch so unprofessionell aufgeklebt hatte. Etwa er? Eine Antwort habe ich nicht gehört, nur das Kratzen seines Füllfederhalters auf seinem Notizbüchlein.

»Was schreiben Sie denn da? Etwa, dass man ›Knilch‹ in Verbindung mit ›Milch‹ bringen könnte, und dass es da einen Bezug zur Muttermilch, also zur Person meiner Mutter geben könnte? Ich bitte Sie eindringlich, meine Mutter bei solchen Tapeten-Geschichten aus dem Spiel zu lassen! Ich weiß sehr wohl, dass *mini màmme* in Rouffach im Irrenhaus gestorben ist. Aber daran bin ich nicht schuld. Und ich bin ziemlich sicher, dass sie im Gegensatz zu Ihnen, wenn sie ein normales Leben geführt hätte, die Fragen ihres kleinen Jungen auch beantwortet hätte!«

Und schließlich stellt sich die Frage nach den Frauen überhaupt nicht mehr, seitdem ich mich endgültig in meinem Keller eingerichtet habe: Es ist doch sonnenklar, dass keine Frau dazu bereit wäre, ihr Leben mit einem Kerl zu teilen, der im Halbdunkel lebt, das er nur ganz selten verlässt, vom Dienstagmorgen mal abgesehen! Und im Übrigen kommen mir die Leute auch nicht mehr mit so dämlichen Fragen wie: »Na, wann wird denn endlich geheiratet?«

Daniel ist der Einzige, der das Thema hin und wieder anschneidet, denn er fühlt sich auf eine besondere Weise für mich verantwortlich. Neulich hat er mir so nebenbei gesagt, dass die beiden Heimsdorfer Männer, die sich nach dem Krieg in ihrer Scheune erhängt haben, beide keine Frauen hatten. Ich habe geantwortet, dass mir das nicht passieren könnte, da meine Scheune ja eingestürzt sei.

Daraufhin hat er mir lächelnd einen Klaps auf den Rücken gegeben. In diesem Moment habe ich in seinen Augen eine große Besorgnis und viel Zärtlichkeit gesehen.

Kapitel 13

MEINE NACHBARN HATTEN RECHT: Es ist ein echtes Wunder, dass die Scheune nur in den Innenhof und nicht aufs Haus geprasselt ist. Die Mauerbrocken, der Lehm vom Fachwerk, die Balken, die Dachziegel, alles war in den offenen Teil des Hofs gestürzt, ohne weiteren Schaden anzurichten. In der ersten Zeit nach dem Ereignis war der Boden übersät von altem, seit Jahren gelagertem Heu. Dem letzten von Großvater Mattern eingebrachten Heu. Schließlich ist es dann verrottet oder als Staub davongeflogen. Mittlerweile haben sich Brennnesseln, Holundersprösslinge und Brombeerranken einen Weg durch den Schutthaufen gebahnt.

Und noch viel unglaublicher: das Bienenhaus hinter der Scheune blieb unversehrt! Manchmal mache ich nachts bei Vollmond einen kleinen Ausflug dorthin, so dass sich zwischen den Überbleibseln der Scheune und der Vegetation bereits ein kleiner Pfad abzeichnet. Wenn ich mich auf einen der ehemaligen Bienenstöcke setze, fühle ich mich sogleich mit meinem Vater verbunden, der sich gerne hierher zurückzog und in einen stummen Dialog mit den Königinnen und den Arbeiterinnen trat. Das gehörte zur Familientradition. Sein eigener Vater, Großvater Mattern, hatte seit vielen Jahren die zweisprachige Zeitschrift *Der Elsass-Lothringische Bienenzüchter* abonniert. Sie wurde in ganz Europa gelesen, denn zu Beginn des 20. Jahrhunderts waren die elsässischen Bienenzüchter die fortschrittlichsten, was den Bau der Bienenstöcke anbelangt. Ich habe alle Jahrgänge komplett aufbewahrt und ich werde sie niemandem leihen. Es ist schlimm genug, dass ich die Familientradition nicht fortgesetzt habe. Ich werde mich nicht auch noch von diesen Zeitschriften trennen, die ich in meinem Keller am Fuß des Bettes horte.

Die Männer der Familie waren überzeugt, dass die Beziehung zu ihren Bienenköniginnen von den Turbulenzen der Geschichte, wie etwa der Annektierung des Elsass' im Jahre 1940, nicht beeinträchtigt würde. Sie täuschten sich. Schon im Sommer 1940 wurde der *Elsass-Lothringische Bienenzüchter* verboten. Vermutlich befürchtete die Besatzungsmacht, dass sich in unseren Bienenhäusern ein Freiheitsdrang breitmachen könnte, der mit dem nationalsozialistischen Ideal nicht vereinbar wäre. Oder hatten sie etwa Angst, dass unsere Bienenvölker nicht »völkisch« genug sein könnten, zu unempfänglich für die neue Ideologie? Der elsässische Bienenzüchterverein wurde sofort aufgelöst und in den badischen eingegliedert.

Das ist doch völlig egal, werden Sie jetzt sagen. Der Führer und seine Mannen hatten doch nicht die Absicht, das Leben der Bienen zu kontrollieren und zu verhindern, dass die Bienenhäuser zu Freiräumen würden, in die sich die Menschen nur mühsam hineindenken können! Das jedenfalls haben sie geglaubt, in meiner Familie. Zu Unrecht, einmal mehr. Denn die Theoretiker des Nazitums hatten nicht nur sehr genaue Vorstellungen von der Organisation der Gesellschaft, der militärischen Strategie und der Überlegenheit der germanischen Rasse. Ihr Programm reichte bis zu den Bienen des Großdeutschen Reichs, die fortan die Geschicke des arischen Volkes teilen sollten. Die Anbindung der elsässischen Bienenzüchter an die des Gaus Baden-Elsass war nur eine schlichte Veranschaulichung des neuen Laufs der Geschichte. Die Zeit, als die Bienen nach Lust und Laune ihren Blütenstaub sammelten, ohne sich um den Wahnsinn der Menschen zu kümmern, sie war zu Ende. Von nun an sollten auch sie sich an den Kriegsanstrengungen beteiligen. Jetzt war der Honig für die Soldaten an der Front bestimmt. Sämtliche Bienenzüchter wurden von den neuen Herren dazu aufgefordert, Honig zu spenden.

In meiner Familie leistete man Widerstand. Der Honig wurde an die Verwandten und die Freunde verschenkt, ein Teil wurde versteckt, man gab vor, mehrere Bienenstöcke seien krank, etliche Bienenschwärme hätten nicht wieder eingefangen werden können. Einen Teil behielten sie auch, um die Bienen im Winter zu ernähren, denn was sie geahnt hatten, war schnell eingetreten:

Die Zuckermengen, die für das Überleben der Bienen in der kalten Jahreszeit unentbehrlich sind, wurden den Bienenzüchtern nur zugeteilt, wenn sie Honig für die Frontsoldaten spendeten. Der Winter 1943 war so kalt, dass man bald schon vom »berüchtigten Winter 43« sprach, dem Stalingrad-Winter. Die Männer der Familie – die, die älter als 45 und nicht in Russland waren – versammelten sich, um zu beraten:

»Der übrige Honig wird nicht ausreichen, um unsere Bienenvölker bis zum Frühjahr zu ernähren«, sagte einer meiner Großonkel. »Vielleicht sollten wir doch ein paar Kilo an den Ortsgruppenleiter Voelckel abgeben, um Zucker zu bekommen.«

»Dann sollen die Bienen lieber verrecken«, sagte ein anderer.

Angeblich war es mein Vater, der ihnen zu einer Entscheidung verhalf. Weihnachten hatte er Urlaub bekommen – es sollte sein letzter Urlaub sein, bei dem übrigens das einzige Foto mit mir entstand:

»Bildet euch bloß nicht ein, dass die elsässischen Soldaten an der Front davon profitieren werden. Es gibt soviel Schwarzmarkt in Deutschland, dass sich da einige mit eurem Honig gesundstoßen werden. Wir Soldaten bekommen jedenfalls nie Honig!«

So war also das Schicksal der Bienen unserer Familie besiegelt: sie würden vor Ende des Winters verrecken. Eines eisig kalten Morgens war der Boden des Bienenhauses mit einer dicken Schicht kleiner Leichen bedeckt. Bei meinen nächtlichen Aufenthalten dort stelle ich mir oft den Boden vor, wie er mit einer fünfzehn Zentimeter dicken Schicht toter Bienen bedeckt ist, und dann denke ich an das Geräusch der Schritte auf diesem ungewöhnlichen Bodenbelag.

Diese Geschichte hatte die Familienmitglieder ziemlich mitgenommen. Der Schraubstock wurde angezogen.

Einige Wochen danach hatte man uns den Tod meines Vaters an der russischen Front gemeldet. Wenig später lief mein Großvater dem Dorfnazi Voelckel über den Weg, der ihn ansprach:

»Na, Mattern, wann wirst du der Wehrmacht von deinem Honig spenden?«

»Ich hab keinen mehr. Ich hab alles den Verwandten und den Nachbarn gegeben.«

»Für unsere Frontsoldaten ist wirklich nichts mehr übrig?«

»Nein, nichts mehr. Aber meine Familie hat in Russland schon zwei Männer gespendet. Die werden keinen Honig mehr essen. Die Front hat sie gefressen. Reicht dir das nicht?«

Wenn ich diese Szenen, die in der Werkstatt unserer Familiengeschichte unzählige Male wiederholt wurden, in meiner Erinnerung wachrufe, dann bin ich frustriert, weil ich die Protagonisten nicht unmittelbar in ihren echten Kostümen vor mir sehe, weil ich sie nicht höre, weil ich den Tonfall der Sprache nicht vernehme, die damals gesprochen wurde. Vielleicht habe ich deshalb immer viel Zeit damit verbracht, jene Frauen und Männer zu beobachten, die den einen oder anderen Krieg erlebt hatten. Was mich immer beeindruckt hat, ist die Tatsache, dass diese am Leben gebliebenen Altvordern eine physische Widerstandskraft besaßen, die nicht zu vergleichen ist mit der von Typen wie mir. Dafür war es uns in den fünfziger und sechziger Jahren zu gut gegangen. Viele meiner Freunde haben sich, nachdem sie das Fett auf ihren verwöhnten Bäuchen festgestellt hatten, gleich bei Sportstudios eingeschrieben – aber man hätte nicht von uns verlangen dürfen, dass wir Hunderte von Kilometern zu Fuß zurücklegen, bepackt wie Maulesel, gegen sibirische Kälte ankämpfen, mit ein paar Birkenzweigen ein Feuer anzünden und dass wir ganz schnell und sicher, ohne zu zögern, die unsichtbare, fadendünne Grenzlinie erkennen, die das Leben und den Tod voneinander trennt. Ein Typ wie ich hätte nicht lange durchgehalten an der Front in Russland. Und da war nicht nur die physische Widerstandskraft: ich bin ganz sicher, dass meine Vorfahren einen siebten Sinn, ein Gespür hatten, wenn es drauf ankam, sich aus den gefährlichsten Situationen herauszuwinden. Mein Großvater, meine Onkel, meine Cousins hatten mir genügend davon erzählt. Unter diesen Voraussetzungen habe ich wohl kein Recht, über sie zu urteilen. Es ist anmaßend, mich an die Stelle meiner Vorfahren zu versetzen, um abzuschätzen, was ich in ihrer Situation getan hätte. Ich weiß zum Beispiel, dass Großvater Mattern ein entschiedener Verfechter des Münchner Abkommens war, mit dem Daladier und Chamberlain 1938 dem »Kanzler Hitler«, wie es damals in der Wochenschau hieß, freie Bahn ließen. In diesem Punkt war sich Großvater Mattern mit den französischen Parlamentariern einig, die damals Daladier bei seiner Rückkehr aus München tosenden Beifall spendeten. Aber seine beiden Söhne waren der Meinung, dass dieses Abkommen ein großer Irrtum war.

»Ich werd' es euch sagen, warum dieser Daladier ein großer Mann ist, der in die Geschichte eingehen wird als der Mann, der die Klugheit besaß, mit Adolf Hitler das Münchner Abkommen zu unterzeichnen«, sagte er. »Daladier und Chamberlain verdankt ihr es, dass ihr nicht in den Krieg werdet ziehen müssen.«

In den Kriegsgeschichten meines Großvaters stapften die Soldaten knietief durch den Schnee, der in Russland nie aufhören wollte zu fallen. Es gab einen immer wiederkehrenden Satz, der die Grundstimmung »seines« Krieges an der Ostfront zusammenfasste: »*Un d'r noh het's gschneit un geschneit un gschneit*« – »Und dann hat es geschneit und geschneit und geschneit.« Vermutlich konnte er bei diesem Satz etwas verschnaufen, ehe er dann neu loslegte und erklärte, dass dieser Krieg eine Sauerei war, mit armen Schweinen wie ihm, die ins Gras beißen sollten, während die höheren Chargen irgendwo hinter der Front in Deckung blieben. Und das war natürlich auf beiden Seiten das gleiche. Die Offiziere waren die gemeinen Dreckskerle. Die Kriegshelden, die sich in der Etappe herumdrückten und keine Ahnung hatten, wie es an der Front zugeht, die hätten es verdient gehabt, da mal vorbeizuschauen, einfach so! Alle! Die Journalisten, die Politiker, die Phrasendrescher, die Dichter des Heldentums, alle diese Leute an die Front, wenigstens ein paar Tage, und danach reden wir noch mal darüber, meine Herren! Mattern wurde selten laut, aber damals, am 1. Oktober 1938, am Tag nach der Unterzeichnung des Münchner Abkommens, da sah die ganze Familie, wie er blass wurde, als er seinen Söhnen zuhörte, die das Abkommen mit dem »Kanzler Hitler« kritisierten. Seine Stimme zitterte, mehrmals versuchte er seine Pfeife wieder anzuzünden, die nur noch Asche enthielt.

»Soll ich euch von 14–18 erzählen? Am Boden zerfetzte Soldatenleiber, Leichen, die verwesen, diese ganzen Schrecken hab ich euch vielleicht noch nicht genügend beschrieben, die Toten, die Verwundeten beider Lager, alle durcheinander, und das Blut, das aus den Wunden sickert! Wollt ihr wirklich, dass ich euch das beschreibe, die ineinander verstrickten Beine mit den Wickelgamaschen und den Stiefeln? Könnt ihr euch vorstellen, wie das aussieht, ein Boden, auf dem so viele Tote liegen, dass der Platz nicht reicht, um sie zu begraben? Nein, das könnt ihr euch nicht vorstellen, niemand kann sich so was vorstellen. Manchmal frage ich mich, ob ich es wirklich bin, der all das gesehen hat. Ob ich es bin, der all das erlebt hat.«

Die Familie schwieg. Da war kein Raum mehr für streitbare Rede. Nach einer längeren Pause fuhr Mattern fort:

»Eines Tages habe ich einen Soldaten weinen sehen. Es war der Bruder von Bubi. Sie waren beide in unserer Kompanie. Der ältere, der, der weinte, war eingezogen worden; der andere hatte sich mit achtzehn Jahren freiwillig gemeldet. Wahrscheinlich hatten es ihm die Dichter der Heimatfront angetan, die so begabt waren, sich schöne Sprüche auszudenken, die großen Jungen Lust machen, sich freiwillig zu melden, um das Vaterland zu verteidigen! Dieser junge Mensch war immer fröhlich. Die ganze Kompanie mochte ihn und alle nannten ihn Bubi. Bubi war gefallen, und sein Bruder hatte ihn soeben begraben. Und deshalb weinte er.«

Mein Vater und Onkel Paul sagten kein Wort. Diese Geschichte hatten sie noch nie gehört.

»Das Schlimmste«, fuhr der Großvater fort, »das war der Appell am Morgen nach der Schlacht. Manchmal rief der Feldwebel sechs oder zehn Namen auf und es kam keine Antwort. Wir, die Überlebenden, wir bemühten uns zu berichten, was wir über das Schicksal der Fehlenden wussten: tot oder verwundet. Diejenigen, von denen niemand etwas wusste, wurden als vermisst registriert. Ich hatte einen guten Kameraden namens Utz. Er stammte aus dem Rheintal, deutsches Ufer. Er war Protestant und studierte Theologie, um Pastor zu werden, ein netter Kerl. Eines Tages mussten wir uns sehr schnell aus einem Waldstück in der Gegend von Riga verziehen, weil die Russen uns ausgemacht und unter Dauerbeschuss genommen hatten. In dem Augenblick, als ich mich mit den Überlebenden der Kompanie zurückziehen wollte, hab ich ihn gesehen, tot. Seinen Zustand will ich lieber nicht beschreiben. Als am nächsten Morgen beim Appell sein Name ausgerufen wurde, konnte ich berichten, dass er tot war. Und ich habe bei mir gedacht: ›Du bist in deinem Wäldchen umgekommen, mein armer Utz, aber zumindest hast du jetzt das Elend des Krieges hinter dir; eigentlich bist du fast glücklicher als ich es bin.‹ An diesen Utz muss ich oft zurückdenken. Ich mochte ihn gern. Er misstraute uns Elsässern nicht, wie einige andere. Könnt ihr denn jetzt verstehen, warum ich für diesen Daladier und sein Münchner Abkommen bin? Daladier rettet euch das Leben, und ihr lasst kein gutes Haar an ihm. Dieser Mann hat den Krieg erlebt, und er will ihn euch ersparen. Ist es das, was ihr ihm vorwerft?«

»Aber diejenigen, die das Münchner Abkommen kritisieren«, widersprach mein Vater, der ein heftiger Gegner dieser Vereinbarungen war, »sagen, dass der Krieg sowieso nicht zu verhindern ist, dass ihre Waffenfabriken rund um die Uhr arbeiten, dass sie nur Zeit gewinnen wollen, um noch mehr Flugzeuge und noch mehr Panzer zu bauen.«

Mit einer ärgerlichen Geste wischte Großvater den Einwand vom Tisch:

»Es sind die gleichen Leute, die uns im Falle eines Krieges erklären würden, dass Kerle wie ihr Helden sind, die nur eines im Sinn haben: die Republik, das Vaterland und was weiß ich noch alles zu verteidigen. Zu meiner Zeit war es das Wilhelminische Reich, aber die Kriegstreiber sind in allen Lagern die gleichen. Sie halten große Reden über das Vaterland und dann schicken sie dich in den Tod. Und wenn du dich weigerst, dann gibt's nur eins: Kriegsgericht, Todesstrafe, und du wirst erschossen. Wenn du nicht töten willst, dann wirst du getötet, das ist eine einfache Sache. Und wisst ihr, was er getan hat, der gute Wilhelm zwo, als Deutschland 1918 den Krieg verloren hat? Er hat sich nach Holland abgesetzt. In aller Ruhe. *Der Seckel*, der hundsgemeine! Völlig sorgenfrei! Die Hohkönigsburg hat er uns zurückgelassen, die er, großzügig wie er war, restauriert hatte – mit einem Teil der Milliarden, die Frankreich 1871 an Preußen bezahlt hatte. Er hat nur noch schnell diese schöne Lüge in den Stein meißeln lassen, die er zum historischen Spruch hochstilisieren wollte: ›Das habe ich nicht gewollt!‹ Darunter soll man verstehen, dass er den Krieg nicht gewollt hat. Ich kann's euch sagen: Was er nicht wollte, das war die Niederlage!

Und wenn er, um den Krieg zu gewinnen, noch, sagen wir, eine Million mehr Tote hätte hergeben müssen, so arme Schweine wie mich, das wär' ihm egal gewesen. In dem Stadium kommt es auf eine Million mehr auch nicht an. Ihn hätte es sowieso nichts gekostet. Auf jeden Fall hatte er Recht, nicht auf der Hohkönigsburg Zuflucht zu suchen. Nach unserer Rückkehr aus Russland wären wir alle da hochgestiegen und hätten ihn vom Bergfried runter geschmissen ... Ich frage mich wirklich, was ihr gegen diesen Daladier habt. Das Parlament steht hinter ihm. Wenn das französische Parlament schon mal geschlossen hinter einem Mann steht, dann will das doch was heißen, oder? Im Übrigen ist der Engländer genauso, wie heißt er schon, Chamberdingsbums ... Die sind beide nach München gefahren, weil sie beide den Frieden wollten. Zugunsten von jungen Idioten wie euch. Glaubt ihr denn, dass sie, wenn der Krieg kommt, noch alte Trottel wie mich rufen? Bestimmt nicht. Der Frieden von München, der ist für *euch* beschlossen worden. Und ihr wollt ihn nicht. Und alle Leute haben Angst vor diesem Hitler. Ich finde ihn einfach nur komisch, ehrlich. Ich kenn' sie doch, die Deutschen. Ihr kennt sie nicht. Ich war vier Jahre lang im Krieg mit ihnen. Sie sind wie sie sind, aber ehrlich: so blöd sind sie nicht, dass sie sich auf Dauer von solch einem Verrückten regieren lassen. Und das haben Daladier und der Engländer – wie heißt er? Ich hab' seinen Namen schon wieder vergessen! – das haben sie rechtzeitig begriffen.«

Kapitel 14

MEIN BETT HABE ICH zwischen die beiden einzigen Lichtschächte des Kellers gestellt, die einen schwachen Lichtstrahl in den Raum eindringen lassen. Tagsüber reicht das aus, ich kann einen Großteil der Zeit, ohne Kerzen und ohne die Dreißig-Watt-Birne an der Decke anzuknipsen, lesen. In der Vertiefung zwischen den beiden Lichtschächten habe ich drei Fotos festgeklemmt: das Foto meines Großvaters Theophil in Uniform, vor seiner letzten Abreise nach Russland, das Hochzeitsfoto meiner Eltern und das einzige Foto, auf dem ich mit meinem Vater zu sehen bin, jenes wo ich auf seinem Schoß sitze. Diese Nische ist so tief, dass weder natürliches noch elektrisches Licht dort eindringen kann. Also habe ich da eine Kerze aufgestellt, die ich abends anzünde, wenn ich nicht schlafen kann.

Ich habe die angenehme Empfindung von Kühle nicht vergessen, als ich mich am Abend des Einzugs in meine frischen Leintücher vergrub. Und als ich am nächsten Morgen in meine etwas feuchten Kleider schlüpfte, war mir, als fände ich Schutz vor der glühenden Hitze, die schon lange vor Mittag über dem Dorf lag. Mittlerweile sind ein paar Probleme aufgetreten, insbesondere mit den Kleidern, die ein wenig zu modern anfingen. Also lüfte ich sie hin und wieder aus, oben in der Küche. Über meinem Bett ist ein langes Regalbrett angebracht, wo meine Mutter früher das eingemachte Obst und Gemüse aufbewahrte. Ich habe es sauber gemacht, um meine Marmeladengläser draufzustellen, und zwar alphabetisch: *Buttemües* (Hagebutten), Himbeere, rote und schwarze Johannisbeeren, Mirabellen, Zwetschgen, immer zwei Gläser hintereinander. Und das passte auch ganz gut für die Bücher, die ich nach demselben System zwischen die Marmeladegläser geräumt habe. So stehen nun Balzacs *Verlorene Illusionen* und Baudelaires *Blumen des Bösen* neben dem *Buttemües*. Zum Glück gab es genügend Gläser Zwetschgen-Marmelade, um am Ende des Regals ein paar Bände Stefan Zweig und ein Großteil des Werkes von Émile Zola abzustützen.

Das Problem mit den Büchern ist mir erst nach ein paar Wochen klar geworden, als ich entdeckte, dass sie allmählich mit einer feinen grünlichen Schimmelschicht überzogen waren. Das konnte ich leicht beheben, dachte ich, indem ich auf den Schnitt pustete. Aber allmählich musste ich, als ich das eine oder andere Buch zwischen den Marmelade- und Geleegläsern hervorzog, wohl oder übel einsehen, dass das Papier vollgesogen war von Feuchtigkeit und den gleichen merkwürdigen Geruch verströmte wie meine Kleider – was übrigens die wenigen Leute, die ich noch treffe, seit ich in meinem Keller hause, zu stören scheint. Zum Beispiel habe ich bemerkt, dass Monsieur Jemand nach jedem meiner Besuche die Fenster seiner Praxis aufreißt. Das sehe ich von der Straße aus, nach den Sitzungen, und natürlich tu' ich so, als würde ich ganz woanders hinschauen.

Im Halbdunkel meines Kellers fühle ich mich so wohl, dass ich die Falltür zur Küche, die viel Licht hereinlässt, wenn sie offen ist, immer geschlossen halte. Ich öffne sie nur noch nachts, wenn ich zum Bienenhaus gehe oder an der frischen Luft im Hof eine kleine Runde drehe. Ich muss anerkennen, dass meine Nachbarn, die mir zu trinken und zu essen bringen, meine Lebensweise durchaus respektieren. Die Lebensmittel, die Getränke und die Post deponieren sie neben dieser Falltür. Dann klopfen sie dreimal ganz diskret, ehe sie die Küchentür, die nie abgeschlossen ist, wieder zuziehen. Sie wissen, dass ich die Falltür öffne, sobald sie den Hof wieder verlassen haben, und dass ich dann zwei, drei Stufen hinaufgehe, um das, was sie eben abgelegt haben, an mich zu nehmen.

Heimsdorf verlasse ich nur noch einmal die Woche, am Dienstagmorgen, um zu meiner Sitzung zu gehen. Ansonsten spielt sich mein Leben nur noch im Keller ab, denn hier und nirgendwo anders werde ich die Antworten auf die grundsätzlichen Fragen finden, die ich mir stelle und die noch niemand geklärt hat, weil niemand bis zum heutigen Tage diese Fragen überhaupt zu stellen wusste. Hier in meinem Keller bin ich meiner Mutter am nächsten. An die Bombenangriffe habe ich keinerlei Erinnerung, aber ich weiß, dass ich damals bei ihr war, und ich weiß, dass sie hier geschrien hat wegen der Ratte. Und ich weiß auch, dass sie in einer Ecke dieses Kellers jahrelang Gemüse in einem Sandhaufen eingebuddelt hat, um es über den Winter aufzubewahren, und dass sie hier das Sauerkraut und die sauren Rüben in kleinen Holzfässern eingelegt hat. Hier kann ich wirklich verstehen, warum sie sich ihrem Schicksal verweigert hat: waren doch der Vater und der Ehemann beide in Russland gefallen. Jeder Krieg hatte ihr einen Mann weggenommen und jeder dieser Männer war der Vater eines kleinen Kindes gewesen.

Tante Anna hat vergleichsweise viel Glück gehabt. Sie hat lediglich ihren Vater verloren, im Ersten Weltkrieg. Ihr Bruder ist aus dem nächsten Krieg wieder nach Hause gekommen, ihr Mann hat nur die »drôle de guerre«, den Sitzkrieg auf französischer Seite mitgemacht, und ihr Sohn Daniel ist heil aus Algerien zurückgekehrt. Sie hatte Dusel, und es war ihr bewusst. Es war ihr auch bewusst, dass viele Frauen in Heimsdorf dieses Glück nicht hatten. Wie viele waren es, denen kaum das Recht zugestanden wurde zu weinen, während und nach den Kriegen! Und selbst dann hatten sie im stillen Kämmerlein zu weinen. Also weinten sie im Stillen um einen Vater, den sie nie gesehen hatten, um einen Mann, einen Verlobten, einen Sohn, einen Nachbarn. Irgendwann habe ich mal nachgezählt, wie viele Frauen in unserer Straße in Heimsdorf wohnten. Damals war es sehr schwer, eine ausfindig zu machen, die nicht um mindestens einen in Russland gefallenen Mann geweint hat.

Die Witwen oder diejenigen, die ihren Verlobten nie wieder gesehen haben, verbrachten ihr Leben ohne Mann, an der Seite ihrer älter werdenden Eltern. Wenn die nacheinander gestorben waren, fragten sie sich wohl, ob sie selbst jemals jung gewesen waren. Andere wiederum lebten ihr winzig kleines einsames Leben ohne Mann, in einem winzig kleinen Häuschen, das für sie gebaut schien. Bei der Schlusszählung der fehlenden Männer nach dem letzten oder dem vorletzten Krieg war ihnen klar geworden, dass sie das gleiche Schicksal wie die Muttergottes erwartete, nur dass sie keinen Zimmermann an ihrer Seite hatten für die harte Arbeit wie zum Beispiel Brennholz schlagen oder den Boden ihrer kleinen Gärten umzugraben; auch besuchte sie kein Heiliger Geist, der sie zu Müttern eines berühmten Sohnes gemacht hätte. Denn diese Frauen, die meist sehr gläubig waren, wussten wohl, dass Gottvater nicht immer wieder, nur weil die Menschen weiterhin sündigten, einen Sohn auf die Erde schicken konnte, auf dass er dort im Bauch einer Jungfrau gedieh.

Die mutigsten unter diesen Heimsdorfer Frauen fragten sich wohl manchmal heimlich: »Warum nur lässt es Gott zu, wo er doch sonst so großherzig ist, dass bei jedem Krieg die Hälfte der Männer nicht aus Russland zurückkehrt? Wir sind doch Frauen wie alle andern. Aus Fleisch und Blut. Unsere Leiber warten nur darauf, die Frucht auszutragen, die neues Leben für das Dorf bedeutet. Dennoch behandelt uns Gott wie Er die Mutter Seines Sohnes behandelt hat! Es kann doch nicht eine ganze Serie von Heiligen Jungfrauen in einem so kleinen Dorf wie unserem geben!«

Am Tag meines Begräbnisses, darauf achte ich jetzt schon sehr sorgfältig, werden die Anwesenden von keinem Vertreter irgendeines Gottes mit Worten behelligt werden. Das steht dick unterstrichen in der ausführlichen Notiz, die ich über den Verlauf der Zeremonie aufzuschreiben begonnen habe: Es ist absolut verboten in irgendeiner Form, und sei es auch nur nebenbei, auf die Existenz irgendeines höheren Wesens anzuspielen. Natürlich gibt es noch andere Weisungen in dieser Notiz, mit der ich mich gerade beschäftige: betreffend das Bier (vom Fass natürlich), das ausgeschenkt werden soll, die Leute, die eingeladen werden und diejenigen, die auf keinen Fall eingeladen werden sollen, usw. Aber der Abschnitt über den angeblichen Herrn im Himmel und auf Erden ist bereits abgeschlossen.

»Und wenn es Ihn trotzdem gibt?«, werden einige denken. »Der Verstorbene hätte sich doch wenigstens auf die Pascalsche Wette einlassen können! Die ist so einfach, diese Wette: An Gott glauben, das genügt schon! Wenn es Ihn gibt, umso besser, und wenn es Ihn nicht gibt, ist es auch nicht schlimm: verloren hätten wir dann nichts!« Ich sage es klipp und klar: *Falls* es Ihn geben sollte, dann möchte ich Ihm lieber nicht begegnen. Nicht, weil mir mein Irrtum peinlich wäre – dass ich gedacht hätte, es gibt Ihn nicht, wo es Ihn doch trotzdem gibt. Es kann jeder irren. Selbst wenn es ums Wesentliche geht. Aber ich hätte überhaupt keine Lust, Ihm irgendwo in einem Flur über den Weg zu laufen, weil ich dann wütend würde. Und wenn ich erst einmal im Jenseits bin, dann habe ich überhaupt keine Lust, noch wütend zu werden. Ich hab' mich schon genügend im Diesseits aufgeregt, ehe ich in den letzten Zug gestiegen bin. Und ich weiß es ja, man hat es mir oft genug gesagt: Wenn ich wütend werde, wirke ich lächerlich.

Trotzdem kann ich Ihnen sagen, was ich Ihm sagen würde, wenn Er durch einen unmöglichen Zufall existieren und ich Ihm begegnen und das Wort an Ihn richten würde. Zunächst einmal würde ich über die Frauen von Heimsdorf reden. Ich würde Ihn fragen, warum Er nichts für sie getan hat. Warum er geduldet hat, dass über ein halbes Jahrhundert lang die Hälfte dieser Frauen keine Männer hatten, die ihnen die Füße hätten wärmen können. Warum Er sie gezwungen hat, auf kupferne Wärmflaschen zurückzugreifen. Wusste er denn nicht, dass alle Frauen nachts eiskalte Füße haben? *Das* würde ich Ihm sagen. Unumwunden. Ich hätte sowieso nichts mehr zu verlieren. Ich würde Ihn im Übrigen daran erinnern, dass die Männer, die diesen Frauen fehlten, vor allem die des Ersten Weltkrieges, fast immer von Vertretern des einzigen Gottes, von seinen Vertretern also, unmittelbar vor den Großangriffen gesegnet wurden. Ich würde Ihn einfach fragen, ob Er das normal findet.

Im Allgemeinen mag ich die Leute nicht sehr, die andauernd fragen: »Findest du das normal?« – weil ich persönlich große Mühe habe, zu unterscheiden, was normal ist und was nicht. Ich weiß auch, dass zum Beispiel in Heimsdorf viele Leute der Meinung sind, dass es nicht »normal« ist, in einem Keller zu leben. Dabei spüre ich sehr wohl, dass die Dinge, die hier im Namen Gottes geschehen sind, nicht normal sind. Genauso wenig wie es normal ist, all die Leute nach Schirmeck, zum Struthof, nach Auschwitz, Buchenwald oder Treblinka zu schicken. »Du willst mir doch nicht vormachen, dass Du von nichts wusstest? Sogar der Papst, Dein braver Untertan, wusste es und schwieg. Wenn also der Papst es wusste, mal ehrlich!, dann wusstest Du es doch auch!« Ich würde ihm alle Konzentrationslager herunterbeten, die mir einfallen würden. Es würden mir nicht alle einfallen, das weiß ich wohl, und ich würde immer wütender … Und selbst wenn ich es ungern zugebe, vermutlich wäre ich auch beleidigt darüber, dass ich mich getäuscht habe über Seine Existenz bzw. Nicht-Existenz. Eine narzisstische Kränkung, wenn Sie so wollen. Ich weiß nicht, wie das bei Ihnen ist, aber für mich gibt es nichts Besseres als eine narzistische Kränkung, um mich rasend zu machen.

Vielleicht werden Sie finden, dass ich übertreibe, oder schlimmer noch, dass ich nur Banalitäten von mir gebe. Keine Sorge! Es wird nichts passieren. Ein Kerl von seiner Statur wird es zu vermeiden wissen, einem armen Typen aus Heimsdorf, der nach Moder riecht, über den Weg zu laufen. Denn das weiß ich sicher: Selbst wenn ich einmal im Jenseits bin, wird mich der Geruch meines Kellers nicht mehr loslassen.

Kapitel 15

SEIT ICH IN MEINEM KELLER WOHNE, rede ich so gut wie mit niemandem mehr. Ich rede oft vor mich hin. Ich murmle, ich brummle, ich stelle mir Fragen, ich beantworte sie, ich beschimpfe mich. Niemand hört mich, weil ich es normalerweise leise tue. Aber einmal habe ich die Kontrolle über mich verloren. Ich glaub', ich habe geschrien wie wahnsinnig. »Aha? Du wusstest von nichts? Du hast wohl geschlafen, was?« Die Luken waren einen Spaltbreit geöffnet und Kinder, die draußen auf der Straße spielten, haben mein Geschrei gehört. Sie sind näher gekommen, und dann sind sie lachend davongerannt. Sie haben mich nachgeäfft, so laut sie konnten: »Du hast wohl geschlafen, was? Du hast wohl geschlafen, was?«

In Zukunft muss ich etwas diskreter sein. Aber finden Sie nicht auch, dass man da nur losbrüllen konnte? Ich bin ein sehr schlechter Vater. Ich weiß es. Ein Vater, der diesen Namen verdient, hätte nicht in trunkenem Zustand seinen kleinen Jungen ins Auto einsteigen lassen und sich dann ans Steuer gesetzt. Und danach, nach dieser Erfahrung mit der misslungenen Vaterschaft, habe ich nie wieder etwas angefangen mit einer anderen Frau, einfach weil mir viel zu viele Fragen durch den Kopf schwirren, auf die ich unbedingt Antworten finden muss. Aber wenn ich andere Kinder als Nicolas gehabt hätte, und wenn ich darüber hinaus auch noch ein »allmächtiger und unendlich gütiger Vater« gewesen wäre, wie der da oben sich selbst feiert, dann hätte ich sie nie so schnöde verlassen. Heutzutage wird einem für viel weniger Gravierendes die väterliche Gewalt entzogen, auch dann, wenn man kommt und schwört, man sei doch ein unendlich gütiger Vater.

Vielleicht denken Sie, wo Sie mich doch kennen, dass es sehr kühn von mir ist, wenn ich mir vorstelle, dass ich irgendwann im Jenseits dem Allmächtigen die Stirn bieten werde, wo ich doch in meinem lächerlichen kleinen Leben wahrlich kein wackerer Held gewesen bin, ja nicht einmal die Gelegenheit hatte, meine Fähigkeit zum Mut zu testen. Vielleicht haben Sie die Vorstellung, dass ich vor Ihm auf Knien liege und feige behaupte, ich sei nie ein militanter Atheist gewesen, ich hätte immer den Glauben aller respektiert und mein Atheismus sei der gewaltige Irrtum meines Lebens gewesen … Ich kann verstehen, dass Sie das glauben, klar. Ich selbst bin ja manchmal im Zweifel.

Falls Er, zu meinem Leidwesen, existiert und ich Ihm nicht aus dem Weg gehen kann, dann werde ich mit folgender Bitte, die ich jetzt schon ausspreche, an Ihn herantreten: »Ich habe eine einzige Bitte an Dich: Hilf mir, dass ich vor Deinem Angesicht nicht schwach werde. Hilf mir, dass ich zumindest ein einziges Mal in meinem Leben, und sei es nach meinem Tod, fähig bin, jemand Anständiger zu sein, ein Mensch. Denn das musst Du wissen: Ich stehe in der Schuld aller männerlosen Frauen von Heimsdorf. Du, wenn ich das richtig verstanden habe, Du hast Deinen Sohn zur Erde hernieder geschickt, auf dass er sich kreuzigen lasse wegen all der Dummheiten, die die Menschen unentwegt begehen. Okay. Ich habe nie richtig kapiert, wozu das gut sein sollte, denn sie haben ja mit den gleichen Dummheiten weitergemacht, die Menschen, aber über eine göttliche Entscheidung diskutiert man nicht. Bei mir ist das anders. Ich bin von den Frauen meines Dorfes beauftragt, Dir zu übermitteln, dass es nicht normal ist, dass Du, der Du Herr bist über Himmel und Erde, eine solche Sache geduldet hast. Hatten sie Dir denn Böses angetan, die Frauen meines Dorfes?«

Ich bin sicher, dass viele unter ihnen mehr als 50 Jahre lang solche Gedanken hatten. Gedanken der Empörung und des Zweifels, die meist nur dem Priester im Halbdunkel des Beichtstuhls zugeflüstert wurden. Die jungfräulichen Leiber dieser Frauen welkten dahin, als würden sie an die Leichen all der Männer erinnern wollen, die weit weg in Russland in der Erde lagen, ihrer Männer, die hätten zurückkommen sollen, aber beim Morgenappell nicht mehr anwesend waren.

Das Schicksal dieser Frauen bestand darin, Tanten oder Patentanten zu sein. Die Leute vermieden es, ihre liebevoll traurigen oder neidischen Blicke aufzufangen, wenn ihnen kleine Kinder über den Weg liefen. Einige von ihnen hatten vor einem der Kriege Männer geliebt, die überlebt hatten. Männer, die ihnen ihre Liebe fürs Leben geschworen hatten. Aber als wieder Friede war und nachgerechnet wurde, wie viele Männer aus dem Dorf oder den benachbarten katholischen Dörfern – die einzigen Männer, die in Frage kamen – an der Front gefallen waren, da drängte sich die Gewissheit auf: es gab einen akuten Männermangel. Daraufhin geschahen ganz furchtbare Dinge, sogar in Heimsdorf. Männer, die einer Verlobten vor dem Einrücken an die Front ewige Treue geschworen hatten, heirateten schließlich eine andere, die ihnen zugeflüstert hatte: »Du solltest lieber mich heiraten. Der Hof und die vielen Hektar Grund gehören dann uns. Du weißt ja, dass mein Bruder in Russland gefallen ist ...« Irgendwo habe ich gelesen, dass es nach dem letzten Krieg in Deutschland so sehr an Männern mangelte, dass einige Frauen eine Art offizielle Duldung – Sie werden's kaum glauben ... – der Bigamie gefordert haben, jawohl!

Natürlich ist so was in Heimsdorf nie einer dieser Frauen in den Sinn gekommen. Die meisten von ihnen waren Witwen oder nie geheiratete Verlobte. Andere hatten eines schönen Abends nach der Maiandacht heimliche

Schwüre ins Ohr geflüstert bekommen, wieder andere hatten mit dem geliebten Mann Blicke getauscht, die alle Schwüre der Welt wert waren. Für viele unter ihnen bestand ihre Liebesgeschichte aus nichts anderem als diesen Blicken und diesen Schwüren. Wiederum andere hatten zwischen 1914 und 1919 oder zwischen 1943 und 1946 Kinder zur Welt gebracht, die ihre Väter nie gekannt haben.

Die Namen dieser fehlenden Männer hatten sich tief in ihre Herzen eingegraben. Auch auf den Grabsteinen der Familiengräber und auf den Mahnmalen für die Gefallenen waren sie eingraviert. Da sie alle in deutscher Uniform gefallen waren, vermieden es die Gemeinden, auf das Gefallenendenkmal zu schreiben: »Fürs Vaterland gefallen«. Man schrieb: »Unseren Toten«, was die Frauen heimlich übersetzten in: »Unseren Männern«. Diese gefallenen Männer, die ihre Männer hätten werden sollen, das waren doch *ihre* Männer und nicht die irgendeines Vaterlandes! Das Vaterland hat nichts zu tun mit jenem Einsamkeitsgefühl einer Frau, der klar wird, dass sie niemals die Wärme eines Männerleibs erfahren wird, und die weiß, dass sie sich mit den ewig kalten Füßen abfinden muss. Vaterländer haben andere Sorgen, als sich um die Wärme von Körpern zu kümmern, die zueinander gehören, oder um Wärmflaschen für die Eisfüße der Frauen von Heimsdorf.

Ihre Betten wärmten diese Frauen selbst. Wie die einsamen Frauen aus der Nachbarschaft, damals als sie selbst jung waren. Jene, die dem vorhergehenden Männermangel zum Opfer gefallen waren. Genau wie diese fanden sie sich mit ihrer Lage ab und wärmten sich die Füße an den gleichen kupfernen, in sorgfältig gehäkelte Hüllen gepackten Wärmflaschen. All diese Frauen haben Schattenwesen umarmt, und ihre Seufzer hat nie jemand gehört.

Und diese Männer, *gfalle in Russlànd*, ihre Männer, die der ersten und die der zweiten Serie, waren erstarrt in der Körperhaltung und in dem Alter auf den Fotos, die in den Wohnzimmer hingen oder in die Familienalben eingeklebt waren. Es waren Männer mit reinem Blick, fast immer. Bei denen der ersten Serie lag manchmal eine Pickelhaube auf dem Tischchen neben ihnen. Die der zweiten hatten meist nach hinten gekämmte, pomadisierte Haare. Wenn man diese retouchierten Fotos ansah, kam man auf den Gedanken, dass die Fotoateliers in den Garnisonsstädten, und insbesondere in denen nahe der Front wohl sehr rentabel waren. Mit Recht. Ging es doch darum, den letzten Blick, den bleibenden, festzuhalten.

Alle diese männerlosen Frauen haben zumindest den einen, lächerlichen Trost gehabt: *ihre* Männer blieben ewig jung. Niemals sind sie einem alternden Ehemann mit wachsendem Bauch, mit immer mehr Falten und immer weniger Haaren gegenübergesessen. Die Witwen oder die Frauen, die diese Männer geheiratet hätten, gingen traurig den überraschungslosen Weg, den das Leben vor ihnen aufrollte; schweigend wurden sie alt und dachten heimlich daran, dass auch sie eine geopferte Generation waren, dazu verurteilt, ein graues Leben zu führen. Wenn sie von der Feldarbeit nach Hause gingen, blieben sie manchmal einen Augenblick vor dem Gefallenendenkmal des Dorfes stehen und schüttelten kaum merklich den Kopf, als wollten sie beim Anblick all der Namen sagen: »Das ist doch nicht möglich, das darf doch nicht wahr sein!« Neben jedem Namen sahen sie den einer Witwe, einer Verlobten, einer Verliebten. Wenn ihr Blick auf den Namen des Mannes stieß, den ihre kupferne Wärmflasche hätte ersetzen sollen, wurden sie von Wehmut überwältigt.

Den in Russland zurückgebliebenen Männern begegnete man in allen Esszimmern von Heimsdorf. Ihre hellen, sepiafarbenen Augen sagten: »Vielleicht ist das mein letztes Foto. Ich tu' so, als würde ich nicht daran denken. Aber ich weiß, dass es vielleicht kein weiteres mehr geben wird. Also sage ich euch allen auf Wiedersehen. Auf Wiedersehen! Gehabt euch wohl. Ich weiß nicht so recht, was ich sonst noch sagen soll. Ich bin jung und stark, das könnt ihr sehen, es wäre dumm, wenn ich in Russland sterben müsste, aber was soll ich tun?«

Die Leichen dieser sepiafarbenen Männer liegen weit weg in Russland vergraben. Es wird nur noch selten von ihnen gesprochen, und wenn, dann heißt es: »*Gfàlle in Russlànd*« – als ob dieses »Gefallen in Russland« zu ihrem Namen gehörte. Eines Tages werden ihre Fotos in

Schuhschachteln gepackt, mit denen keiner mehr was anzufangen weiß. Eines Tages werden diejenigen, die ihre Frauen hätten werden sollen, diejenigen, die in den langen Wintern von ihnen hätten gewärmt werden sollen, diejenigen, deren Leiber unfruchtbar geblieben sind, eines Tages werden auch diese Frauen sterben. Dann werden die Schuhschachteln mit den Fotos der sepiafarbenen Männer entsorgt.

Kapitel 16

ALS DIE MÖBEL UND DER KLEINKRAM aufgeteilt wurden, die eine Generation zurücklässt, wenn der Vorhang fällt, interessierten sich die Erben für die Soldatenfotos kaum.

»Wer ist das, der da in deutscher Uniform?«
»Ich glaub, das ist der jüngste Bruder von Großvater, *gfalle in Russlànd*. In welchem Krieg war das?«
»Weiß ich nicht.«
»Willst du's haben, das Foto?«
»Was soll ich denn damit ...«

Man darf der jüngeren Generation nicht böse sein. Fast alle diese Männer, die sie nicht gekannt haben, wären heute sowieso nicht mehr am Leben, wenn sie aus Russland zurückgekommen wären. Aber ich kann es einfach nicht ertragen, dass ihre Abschiedsgesichter irgendwo auf der Müllhalde landen oder in einem Papierschredder oder in einem Kaminfeuer. Ich bin sicher, dass diese Blicke mich verfolgen und mich für den Rest meines Daseins nächtelang in meinem Keller heimsuchen würden. Also habe ich verkündet, dass diese Soldatenfotos, die irgendwo in irgendwelchen Schubladen schlafen, nicht weggeworfen werden sollen, weil ich sie nämlich sammle.

Und so besaß ich nach einigen Monaten einen ganzen Karton voller Fotos von Heimsdorfer Männern in Uniform. Meist war es die deutsche. Auf vielen dieser Fotos stand auch einer der Namen geschrieben, die auf dem Gefallenendenkmal des Dorfes eingraviert sind, mit einem kleinen Kreuz dahinter und dem – sehr oft mutmaßlichen – Todesdatum. Manche dieser Männer hatten eine verblüffende Ähnlichkeit mit Männern, denen man auf den Straßen des Dorfs begegnet, und sie fielen mir auf durch ihre Jugend und ihre Schönheit. Auf einmal begriff ich viel besser die heimliche Wut zahlreicher Frauen im Dorf.

Im Lauf der Zeit befiel mich immer mehr das merkwürdige Gefühl, ich sei für diese Heimsdorfer Seelen verantwortlich geworden, insbesondere da, wo es hieß *gfalle in Russland*. Es war mir, als verwandelte ich mich allmählich in den Wärter eines Friedhofs, dessen Schlüssel ich ganz alleine verwaltete.

Die Schachtel mit all den Fotos hatte ich im Keller neben meinem Bett deponiert. Unlängst beschloss ich, sie zu ordnen, aber als ich die Schachtel aufheben wollte, brach sie durch, weil sie von unten durchnässt war. Alle Fotos fielen durcheinander auf den Boden. Da merkte ich, dass sie unter der Feuchtigkeit des Kellers gelitten hatten und dass manche schon zu schimmeln begannen.

Also spannte ich neue Wäscheleinen, parallel zu denen, woran ich meine Kleider aufhänge, damit sie nicht allzu modrig riechen, und mit Wäscheklammern hängte ich die Fotos der Männer aus dem Dorf auf. Sie schauten mich an und wirkten ein wenig verwundert darüber, dass sie nun hier in diesem Keller im Kerzenlicht versammelt waren. Ich kannte sie ja nicht, aber sie, sie kannten sich natürlich alle. Da waren die Fotos der beiden Kerle, die sich kurz vor dem Krieg auf dem Dorffest derb geprügelt hatten, weil sie dasselbe Mädchen liebten. Keiner der beiden ist aus Russland zurückgekommen, und das Mädchen ist allein geblieben mit seiner Wärmflasche im Bett. Da hing auch ein in Russland gefallener Sohn neben seinem Vater, den er nicht gekannt hatte, weil der auch in Russland gefallen war, aber einen Krieg früher.

Bald fühlte ich mich den Gespenstern derer, die ein paar Jahrzehnte vor mir in meinem Dorf gelebt hatten, sehr nahe. Wir hatten im selben Klassenzimmer gesessen, einige hatten vielleicht ihre Initialen in die Schulbank geritzt, die ich selbst auch gedrückt habe. Unsere Kindheit hatten wir damit verbracht, zwischen den Gärten auf denselben Wegen und Pfaden herumzurennen. Wie ich hatten sie im Frühjahr die ersten roten Kirschen geklaut von dem alten Kirschbaum am Ende des Dorfs in Richtung Vogesen.

Mit den Fotos, die mit Wäscheklammern befestigt im Halbdunkel meines Kellers nebeneinander hängen, komme ich mir vor, als befände ich mich im Labor eines Fotografen, in einer Stadt nahe der Ostfront. Und dann wird mir klar, dass *ich* der Fotograf dieser Stadt bin. Ich bin sicher, dass meine Heimsdorfer Kunden über kurz oder lang wieder mein Atelier betreten werden. Dann händige ich ihnen die Bilder aus. Und sie schicken sie auf der Stelle nach Hause, nach Heimsdorf *im Elsass*. Unmittelbar bevor sie wieder in Richtung Osten aufbrechen werden, zu neuen Aufgaben, wobei sie wissen, dass sie ernsthafte Chancen haben, nie wieder zurückzukehren.

Kapitel 17

DIE GANZE FAMILIE hatte den Großvater Mattern komisch angesehen, als er beim Eintreffen der Wehrmacht in Heimsdorf gesagt hatte, man erinnert sich, »*Sen d'namliga nem*«, es sind nicht mehr dieselben.

»Wieso, Grand-Papa? Bei dem Münchner Abkommen hast du uns gesagt, du kennst sie, du warst mit ihnen im Krieg, und jetzt …«

»*Sen d'namliga nem,* das sag ich euch. Wie hätte ich das auch wissen sollen vor zwei Jahren bei dem Abkommen von München? Seit 1919, seit ich aus Russland zurückgekommen bin, hab' ich den Rhein nicht mehr überquert.«

Ein paar Tage später, als sie dann alle französischen Inschriften getilgt haben, da haben seine Leute allmählich verstanden, was er meinte. Diese Deutschen hatten in der Tat nichts mehr gemein mit denen von vor 1918. Dabei lagen kaum zwei Jahrzehnte zwischen den beiden Kriegen. Weniger als eine Generation. Aber es waren nicht mehr dieselben, Großvater Mattern hatte Recht. Und da man nach 1918 den Rhein nicht mehr überquerte, hatte niemand gemerkt, dass sie sich so sehr verändert hatten.

Der großväterliche Satz war in das Familiengut eingegangen, er gehörte dazu wie die Leintücherstapel, die Bauernschränke, die großen Gemälde mit Jesus am Ölberg; auch nach Jahrzehnten sind wir mit dieser Formel noch immer zufrieden, denn ihr historischer Gehalt wird immer wieder bestätigt. Ich hab es schon gesagt: Die Deutschen, die man kennt, sind nie dieselben wie die, die man früher gekannt hat. Das kann einem fast schon auf die Nerven gehen. Wenn man zum Beispiel jemandem begegnet, der sagt: »Ich kenne sie, die Deutschen, meine Frau ist Deutsche ...«, sollte man ihm besser nicht glauben, denn selbst seine Frau wird einem nach einer Reise ins Land ihrer Kindheit sagen: »Es sind nicht mehr dieselben, sie denken nur noch an ihren Urlaub auf Mallorca, und es werden fast keine Kinder mehr geboren, weil die Frauen fürchten, dass sie nach der Schwangerschaft dick werden.«

Neulich habe ich in einer deutschen Buchhandlung ein sehr erfolgreiches Buch gesehen: *Vom Glück der Faulheit!* Können Sie sich so was vorstellen? In Deutschland! Wie hätte Großvater Mattern reagiert, wäre er auf einen solchen Titel gestoßen!

Meine beiden Großväter waren also im Krieg in Russland, und sie gehörten einer Armee an, die genauso vom Nationalismus beflügelt war wie alle Armeen der damaligen Zeit. Genauso, nicht mehr und nicht weniger. Man misstraute den Elsässern und den Lothringern, aber –

das sagte selbst Großvater Mattern: »Sie hatten ja recht, uns zu misstrauen. An ihrer Stelle hätt' ich das genauso getan.«

Als er sie 1940 auf der Straße in Heimsdorf vorbeimarschieren sah – er stand am Esszimmerfenster, aber hinter dem Vorhang versteckt – war ihm auf der Stelle alles klar. Mit deutschen Soldatenaufmärschen kannte er sich aus. Im Krieg davor war er an ihrer Seite marschiert. Und da, in diesem Augenblick, ist der Satz – der von nun an nicht mehr wegzudenken war – zum ersten Mal gefallen: *Sen d'namliga nem.*

1962 haben sich dann de Gaulle und Adenauer ewige Freundschaft geschworen. In Heimsdorf gab es einen Typen, der in der Kneipe gebrüllt hat wie wahnsinnig: Wenn das Frankreich sei, Freundschaft mit *denen da*, dann würde er nie wieder einen Franc Steuern zahlen, sein ganzes Leben nicht mehr! Dieser Mensch hatte drei Söhne gehabt, alle drei waren sie in die Wehrmacht zwangseingezogen worden, und alle drei waren sie in Russland geblieben. Er hatte angefangen zu trinken und alle Leute zu hassen, vor allem, wenn sie dem Jahrgang seiner Söhne angehörten, aber zurückgekommen waren. Sein Hass auf die Deutschen war bodenlos. Man versuchte zwar, ihn mit dem berühmten Satz meines Großvaters zu beruhigen, aber er brüllte nur noch lauter.

In späteren Jahren haben dann viele Männer von hier die diversen Rheinbrücken überquert, um auf der anderen Seite zu arbeiten. Und wenn man sie fragte: »Na, wie sind sie denn?«, antworteten sie immer das Gleiche: »*Sen d'namliga nem*«.

Sie erinnern sich an meinen Cousin Daniel, der im Gymnasium immer alle Preise an sich gerissen hat, während ich es gerade mal schaffte, einen ersten Preis in Religion und einen dritten Trostpreis in Geschichte zu erlangen. Daniel ist sehr wichtig in meinem Leben. Er ist oft anwesend in meinen Träumen, die ich Monsieur Jemand erzähle und mir dabei vorstelle, dass er sie sehr aufschlussreich findet. Es war logisch, dass Daniel ein brillantes Studium absolvierte und dass er gut verdient damit, Witwen und Waisen zu verteidigen, wie er zu sagen pflegt. Er hat auch viele Kriegsbeschädigte der verschiedenen Kriege in Europa und der diversen Kolonialkriege vertreten. Er hat mir erzählt, dass er, seit er fest im Beruf ist, Veteranen sämtlicher Kriege erlebt hat, die gerichtlich vorgehen, um Kriegsrenten zu fordern. Solche, die im Ersten Weltkrieg die deutsche Uniform getragen haben, solche, die im Zweiten Weltkrieg die französische und ab 1942 die deutsche Uniform getragen haben, und auch solche, die im Indochinakrieg und im Algerienkrieg dabei waren … Im Kopf oder in der Brust dieser ehemaligen Soldaten steckte oft ein Stück Altmetall, das nicht wieder herauszukriegen war. Sie zögerten nicht, das Hemd hochzuheben oder die Hose runterzulassen, um ihm die Narben zu zeigen – schließlich waren Narben Beweise, und sie konnten sich nicht vorstellen, dass der Mensch, der sie vor Gericht vertreten würde, die metallenen Erinnerungsspuren, die sie vom Kaukasus, von Dien Bien Phu oder aus der Kabylei mit nach Hause gebracht hatten, dass ihr Verteidiger diese Spuren auf ihrem Körper nicht hätte sehen wollen. Und wenn Röntgenbilder in die Prozessakten aufgenommen wurden, konnte mein Cousin tatsächlich die merkwürdig geformten dunklen Flecken erkennen, Reste von Gewehrgranaten oder Artilleriegeschossen, meist sowjetische Fabrikate, denn diese Soldaten hatten es zu allermeist mit Russen, oder aber mit von den Russen bewaffneten Gegnern zu tun gehabt. Einmal habe ich meinem Cousin gesagt, dass mich diese ehemaligen Soldaten an gewisse Bäume der Vogesenwälder erinnerten.

»Wieso Bäume?«, fragte er verblüfft.

Diesen Gesichtsausdruck mochte ich gern bei ihm. In der Regel war er es, der alles erklärte. Er gehört zu den Menschen, die gerne erklären. Aber bei den Bäumen war nun ich mal dran.

»Viele Bäume der Vogesenwälder, wo Soldaten im Laufe des 20. Jahrhunderts gekämpft haben, sind wie die Menschen verwundet und zerschossen worden. Diese Wälder haben unverkäufliches Holz produziert, das ›Kriegsholz‹ genannt wurde. Den Sägewerken war das Holz aus diesen Wäldern verhasst, denn sobald irgendwo ein Stückchen Eisen im Stamm oder in einem Ast war, ging die Bandsäge kaputt und der Typ, der an der

Maschine stand, gab dann ein lautes »*Godverdàmmi*« von sich! Von diesen Bäumen gibt es noch immer welche in den Vogesenwäldern. Kannst du dich an die letzten Veteranen aus dem Ersten Weltkrieg erinnern, die dich am Anfang deiner Karriere in deiner Kanzlei aufsuchten? Diese Bäume sind die allerletzten Zeugen ihrer Schlachten. Auch sie sind durchlöchert von Eisen und Stahl, was sie nicht daran gehindert hat, das Alter zu erreichen, wo sie für die Möbel-, die Dachstuhl- und die Sargfabrikanten interessant werden. Aber mittlerweile sind die Maschinen mit Metalldetektoren ausgerüstet und sie stehen automatisch still, wenn da ein Stamm auftaucht, der sich fast ein Jahrhundert lang entwickelt hat, ohne sich von den Granatsplittern in seinem Herzen beeinträchtigen zu lassen – genau wie deine alten Soldaten, die ihr ganzes Leben mit Metallsplittern im Leib verbracht haben.«

Es kam vor, dass diese Kriegsversehrten an Verdauungsstörungen litten, weil sie aus verrosteten Blechdosen fauliges Wasser getrunken und nur so überlebt hatten. Ihre Mägen waren löchrig, aber da Daniel keinen Röntgenscanner hatte, kamen sie mit ihren Ehefrauen in seine Kanzlei, und die schworen ihm, dass sie beim Kochen nie Öl benutzten, dass das Basisgericht für ihren Mann seit der Hochzeit Kartoffel- oder Karottenpüree sei mit einer Scheibe Schinken, aber ohne den Fettrand.

Als mein Cousin und ich eines Tages über diese ehemaligen, durch die Kriege des 20. Jahrhunderts lädierten Soldaten sprachen, wurde uns plötzlich bewusst, dass sie alle in besiegten Heeren gekämpft hatten. Daniel ist genauso wenig ein Militarist wie ich. Aber das war für uns beide eine sonderbare Erkenntnis. Stellen Sie sich das mal vor! Erster Weltkrieg: unsere Großväter sind deutsche Soldaten, Deutschland verliert den Krieg. Die meisten sind ganz froh, diesen Krieg zu verlieren, weil die Preußen ihre Koffer packen und den Rhein in die andere Richtung überqueren. Aber trotzdem: sie haben die Uniform des besiegten Heeres getragen. Dann kommt 39–40. Da sind sie französische Soldaten. Die französische Armee wird gedemütigt. Und dann 1942, die unheilvolle Geschichte des Zwangseinzugs in die Armee des Dritten Reichs. Diese Armee haben sie gehasst. Die Nazis verlieren den Krieg. Aber hundertfünfzigtausend Männer aus dem Elsass hatten die Uniform der Wehrmacht getragen und vierzigtausend sind nie wieder aus Russland zurückgekehrt.

Was Dien Bien Phu und Algerien anbelangt – um noch einmal auf die immer und überall besiegten Soldaten zurückzukommen –, so ist die Bilanz ganz einfach: französische Uniform, schon von vornherein verlorene Kriege ... Aber damals wusste man das noch nicht, dass diese Kriege unweigerlich verloren werden mussten.

Irgendwann hat Daniel auch deutsche Anarchisten verteidigt. Echte Anarchisten. Nicht solche, die tollkühn zwischen drei und vier Uhr früh klassische Slogans wie

»Weder Gott noch Herr!« – frei nach dem Titel der von Louis Auguste Bianqui gegründeten Anarchistenzeitschrift – auf die Mauern ihrer Universitäten sprühen. Nein, es waren sehr konkrete Anarchisten. Zum Beispiel hat man eines schönen Tages in Mühlhausen im Kofferraum eines Audi die Leiche des Arbeitgeberpräsidenten gefunden. Das waren *sie*, die Anarchisten, so was machten die. Damals lebte Großvater Mattern noch. Als er von der Geschichte mit dem Audi-Kofferraum hörte, hat er ganz selbstverständlich gesagt: »*Sen d'namliga nem*, eines Tages machen sie uns vollends wahnsinnig, wenn sie sich alle zehn Jahre dermaßen verändern!«

Daniel hat versucht, ihm die Sache zu erklären.

»Weißt du, Großvater, diesen Deutschen, den Deutschen meiner Generation hat man nach dem Krieg nicht viel erklärt: die Nazis seien ganz schrecklich gewesen, in ihrer Familie aber sei niemand Nazi gewesen, nein, nein, da konnten sie ganz beruhigt sein. Manche haben sich mit solchen Erklärungen abgefunden. Andere nicht so ganz. Und als man bei den Nachbarn in Baden-Württemberg erfahren hat, dass Ministerpräsident F., den alle so ehrenwert, so anständig fanden, SS-Richter bei der Kriegsmarine war und dass er wer weiß wie viele Deserteure zum Tode verurteilt hatte, da sind ein paar Leute meiner Generation halb wahnsinnig geworden. Die muss man doch auch verstehen.«

»Gut, gut«, antwortete der Großvater.

Dann sah er uns starr an:

»Aber was kann dieser Arbeitgeberchef dafür? Und wozu soll das gut sein, wenn man ihn wie eine Wurst zusammenschnürt und im Kofferraum eines Autos zurücklässt, und dazu noch bei uns, in Mulhouse? Stell dir das doch mal vor: in Mulhouse!«

Als der eiserne Vorhang fiel, habe ich für Daniel einen Presseartikel ausgeschnitten, aus dem hervorging, dass diese Anarchisten, die er damals verteidigt hatte, in Wirklichkeit von der DDR unterstützt worden waren. Als ich ihm den Bericht gezeigt habe, hat er ihn nur kurz überflogen.

»Ach so? Lustig!«

Und dann hat er das Thema gewechselt.

Ich kann mit Daniel nicht streiten. Er ist mehr als mein Cousin, er ist auch mein Bruder, mein Freund, mein einziger Freund. Und es ist schwer, in einem Keller zu leben, wenn man nicht wenigsten einen Freund hat, wenn die einzigen wöchentlichen Begegnungen die mit Monsieur Jemand sind, der ganz selten mal was sagt. Aber trotzdem: dass sich Daniel nie schuldig fühlt, oder wenigstens verantwortlich, das stört mich schon ... Vielleicht bin ich ja neidisch. Dass sein Leben einfacher ist als meins, liegt vielleicht genau daran, dass er so ist, wie er ist, dass er sich nicht ständig Gedanken macht über Dinge, die es gar nicht lohnen und die ohnehin schon Geschichte sind.

Irgendwann hab ich mal mit Monsieur Jemand darüber gesprochen:

»Ich bin wie ein voll gesogener Schwamm, den nie jemand ausdrückt, nur dass es sich bei mir nicht um Wasser handelt, sondern um diese ganzen Geschichten, die mich nicht in Ruhe lassen. Ich fühle mich schwer, ich stehe mir selbst im Weg. Wenn ich überlege, fällt mir auf, dass auch meine Gedanken beschwert sind durch Lasten, die andere mir aufgebürdet haben, ohne dass ich es bemerkt hätte. Und deshalb bin ich nicht frei. Das spüre ich wohl. Ich bin ganz das Gegenteil von Daniel! Er ist leicht. Er amüsiert sich über Dinge, die mir nächtelang den Schlaf rauben …«

Und da hat Monsieur Jemand einen Kommentar abgegeben, über den ich mich nicht gewundert habe, denn es war ja die Rede von Daniel:

»Interessant«, hat er gesagt.

Daraufhin hat er einen Moment lang geschwiegen und dann hinzugefügt:

»Gut, das reicht für heute.«

Kapitel 18

DIE DEUTSCHEN sind nie mehr die gleichen wie die zuvor, das ist ein für allemal klar. Aber ist Ihnen aufgefallen, dass die Sprache, die sie sprechen, sich ebenfalls unentwegt ändert? Sicher, offiziell handelt es sich immer um die deutsche Sprache! Aber wenn Großvater Mattern vom Jenseits aus, wo er seit der Mitte der siebziger Jahre ruht, deutschen Rundfunk hört, den zuverlässigsten, was die Wettervorhersagen anbelangt, dann versteht er nicht mehr viel, fürchte ich. In der Schule in Heimsdorf hat er um 1900 das damalige Deutsch gelernt, das echte, reine Deutsch. Das heutige aber ist schwer zu verstehen für jemand, der keine soliden Englischkenntnisse hat. Allerdings muss man sagen, dass das Deutsch, das während des Zweiten Weltkriegs gebellt wurde, sich auch schon deutlich unterschied von der Sprache, die mein Großvater in der Schule gelernt hatte.

Jedenfalls muss man heutzutage, wenn man am Rhein lebt und das Glück hat, zumindest eine der beiden deutschen Sprachen zu verstehen, die moderne oder die klassische, die noch immer auf bestimmten, den Intellektuellen vorbehaltenen Kanälen gesprochen wird, dann muss man die deutschen Sender hören, insbesondere, wie es Großvater Mattern immer getan hat, die Wettervorhersagen. Damit kann man, zum Beispiel beim Bäcker, das Alltagsgespräch beleben – etwa indem man erklärt: »Nach dem deutschen Radio soll's aber regnen!«

Als ich noch in meiner Küche lebte, hörte ich gewohnheitsmäßig bestimmte deutsche und französische Sendungen. In meinem Keller aber konnte ich von Anfang an nur noch deutsche Sender empfangen, die ich oft nachts hörte. Unlängst habe ich eine Frauenstimme gehört, die sagte: »Die deutsche Sprache ist eine tote Sprache, die man noch spricht.« Es war zwar ein Hörspiel, aber trotzdem hat dieser Satz sehr sonderbar auf mich gewirkt, das können Sie mir glauben. Die Stimme dieser Frau war sanft und melancholisch. Ich habe an das Gebrüll der deutschen Soldaten gedacht, das man vermutlich durch die Luken meines Kellers hörte, als um die Befreiung von Heimsdorf gekämpft wurde.

Die sanfte, klangvolle Stimme aus dem Radio war sicher die einer sehr schönen Frau. Seit einigen Monaten kommt allerdings aus meinem von der Feuchtigkeit des Kellers schwer mitgenommenen Radio nur noch unerträgliches Rauschen. Aber eines ist sicher: Wenn die Deutschen in jeder Generation ein neues Deutsch sprechen, dann geben sie meinem Großvater Mattern und seinem *sen d'namliga nem* recht.

Es ist jetzt wohl an der Zeit, dass ich von einem

kleinen Schauspiel berichte, bei dem ich selbst dabei war, als kleiner Angestellter in einer Firma, für deren Chef der »deutsch-französische Handel« das Ein und Alles war. Eines Tages kam ein junger Deutscher als Praktikant in die Firma. Die Chefsekretärin war eine jener Frauen, von denen man bei uns zu sagen pflegt: »Das ist eine echte Elsässerin« – imposant, ehrlich, direkt. Der Chef vertraute ihr voll und ganz, und das mit Recht. Einer solchen Frau – sie hieß Madame Fluck – kann man unbesorgt eine Riesensumme borgen, ohne auch nur einen Schuldschein von ihr zu fordern. Was man bei solchen Frauen normalerweise mag, das ist ihre Gewohnheit, frisch von der Leber weg zu reden. Ich muss gestehen, dass ich etwas Angst vor ihr hatte. Vielleicht ist das doof, aber genau das, dieses unverblümte Reden, machte mir Angst. Ich weiß zwar nicht viel von meiner Mutter – ich meine, wie sie vorher war, bevor sie im Irrenhaus landete –, aber ich bin ganz sicher, dass sie sanfter war, dass sie anders redete. Ich kann nicht erklären, warum, aber ich bin mir da ganz sicher.

Eines Tages also wurde ich Zeuge einer Unterhaltung auf Deutsch zwischen Madame Fluck und Hans-Georg, dem jungen Praktikanten, dessen Eltern vermutlich nach dem Krieg geboren sind. Madame Fluck wiederum war ab 1940 in die deutsche Schule gegangen. Plötzlich sagte Hans-Georg fragend und irgendwie kritisch:

»Sie sprechen aber ein antiquiertes Deutsch!«

»Ja, ja«, antwortete Madame Fluck, »Sie haben recht: ich spreche Nazideutsch.«

Der junge Deutsche war sehr betreten. Er wusste nichts von dem, was hier während des Krieges vorgefallen war. Die jungen Deutschen können nicht alles wissen. Da muss man sich doch mal in sie hineinversetzen. Schirmeck und der Struthof, unsere Konzentrationslager im Breuschtal, das ist doch nur ein Witz im Vergleich zu Auschwitz und allem anderen. Und überhaupt: Glauben Sie denn, dass die jungen Franzosen alles wissen über das feige Verhalten gewisser Landsleute in der Vichy-Zeit, oder über die Massengräber in Algerien, die immer noch entdeckt werden, und die Massaker auf Madagaskar, als die Einwohner dort die Freiheit forderten? Daraufhin hat ihm Madame Fluck die jüngere Geschichte des Elsass' erklärt, ganz schlicht, ohne Getue und Gesums. Hans-Georg hörte schweigend zu. Sein Gesicht wurde tief traurig. Möglicherweise fragte er sich, ob seine Vorfahren bei dieser bösen Geschichte mitgewirkt hatten. Jedenfalls schüttelte er ganz leise den Kopf und biss sich dabei auf die Lippen. Und ich hatte plötzlich Mitleid mit diesem jungen Mann und seinen düsteren Gedanken.

Einmal mehr konnte ich die Schublade der alten Familienkommode aufziehen und Großvaters Spruch hervorholen, der immer passt: *Sen d'namliga nem …*

Kapitel 19

DERZEIT HABE ICH KAUM mehr Kontakt, außer jeden Dienstag mit Monsieur Jemand und hin und wieder mit Daniel. Früher hatte ich viele Freunde. Immer waren es Männer, aber echte Freunde. Unter ihnen stand mir Jean-Claude am nächsten. In meiner Verwandtschaft mochten sie ihn nicht, weil er Kommunist war, und das ist in Heimsdorf gar nicht gern gesehen. Mir war das, ehrlich gesagt, peinlich, weil ich damals fand, dass die Kommunisten oft recht hatten. Weltweit gab es viele Dichter und Chanson-Sänger, die ich bewunderte und die Kommunisten waren.

Aber in Heimsdorf war nichts zu machen, da ließen die Leute nicht mit sich reden. Dazu muss man sagen, dass mein Vater und die meisten Männer seiner Generation in Russland gegen die Rote Armee gekämpft hatten. Natürlich hatten sie das gezwungenermaßen getan. Aber trotzdem: die auf der anderen Seite waren Kommunisten, und ich nehme an, dass der sowjetische Soldat, der meinen Vater umgebracht hat, im Augenblick als er schoss, sich nicht überlegt hat: »Möglicherweise ist der Typ da aus Heimsdorf, möglicherweise ist er der Vater eines kleinen Jungen, möglicherweise ...« Nein, für diesen Soldaten der Roten Armee war mein Vater ein Faschist unter anderen, und für meinen Vater war der Typ gegenüber ein Roter, der nur davon träumte, ihn abzuknallen.

Das Vaterland der Kommunisten war Russland, wo es während des Ersten Weltkrieges eine Revolution gegeben hatte, was wiederum dem Großvater Mattern ganz gelegen kam, weil sie von heut' auf morgen in ihren Gräben saßen und Däumchen drehten. Da lag kein Feind mehr gegenüber. Die Geschichte mit den Pferden, die die Rinde von den Baumstämmen fraßen, das war in Russland. Immer wieder musste er sie mir erzählen. Und in Russland liegt auch mein Vater unter dem Parkplatz eines Supermarkts.

Die hiesigen Kommunisten wussten, dass dort noch nicht alles vollkommen war. Aber man musste nur die richtigen Zeitungen lesen, so behauptete Jean-Claude, dann würde einem alles klar: Russland und seine Bruderländer hatten recht, sich mit Stacheldraht zu schützen, sie bauten dort das Paradies auf Erden, und das würde eben seine Zeit dauern. Man musste nur ein bisschen Geduld haben und es so einrichten, dass der Kommunismus auch bei uns siegte, denn die sozialistische Revolution würde zwangsläufig eine weltweite sein.

Bei uns zu Hause verteidigte ich Jean-Claude so gut ich konnte. Ich erinnerte daran, dass die Kommunisten im letzten Krieg in Frankreich und im Elsass im Widerstand waren. Man antwortete mir, dass auch viele Christen in der Résistance gewesen seien, dass die damit aber nicht hausieren gingen, weil ein wahrer Christ demütig bleibt. Dann versuchte ich, ihnen zu erklären, dass die Kommunisten auf der Seite der Armen seien. Manchmal wagte ich einen kühnen Vergleich: »Im Grunde sind sie ein wenig wie Jesus …« Aber man antwortete mir immer das Gleiche:

»Die Kommunisten sind Materialisten. Also Antichristen. Punkt und Schluss.«

Wenn ich mit Jean-Claude diskutierte, war meine Rede eine andere; es war gar nicht so leicht, mit ihm zu diskutieren, denn Jean-Claude war so ein Typ, der immer unbedingt das letzte Wort haben musste.

»Ich hab schon wieder irgendwo gelesen, dass ihre Lager in Sibirien immer überfüllt sind!«, sagte ich.

»Weißt du, was du bist? Ein ganz primitiver Antikommunist.«

Für ihn waren die Gegner des Kommunismus immer »ganz primitive Antikommunisten«. Ich hätte ihn fragen können, wie eigentlich nichtprimitive Antikommunisten aussehen, aber über solche Fragen war mit Jean-Claude nicht zu spaßen. Ich erinnere mich an einen kleinen Streit mit ihm, der über mehrere Monate anhielt, weil ich ihm eines Tages etwas gesagt hatte, was er ganz und gar nicht schätzte.

»Ich finde, du bist Kommunist auf die gleiche Weise,

wie du früher katholisch warst. Genauso stur und kompromisslos. Du hast immer Recht, die anderen sind im Unrecht. Was die päpstliche Unfehlbarkeit war, ist jetzt die absolute Wahrheit der Partei. In deinem Kopf hat Moskau die Stelle von Rom eingenommen.«

In der DDR hatte er an einem Weltjugendtreffen teilgenommen. Begeistert war er zurückgekehrt. Mir war klar geworden, dass es sich um eine Art Pfadfinderlager handelte, bei dem die Rote Fahne das Kreuz ersetzte und wo man die *Internationale* und Lieder zu Ehren von Lenin und Rosa Luxemburg sang. Ich nehme an, dass diese Lieder zur Kategorie der »Gänsehautmusik« gehörten.

Großvater Mattern hatte sehr gelacht über Jean-Claudes Antwort auf seine Frage:

»Wie sind sie denn, diese kommunistischen Deutschen?«

»*Sen d'namliga nem*!«, hatte mein Freund geantwortet.

Eines Sommers hat Jean-Claude während der Heuernte ein paar Tage in Heimsdorf verbracht. Wir beide haben Onkel Leo, einem Bruder meiner Mutter, geholfen, das Heu einzufahren, denn ein Gewitter drohte. Onkel Leo war ein ehemaliger *Malgré-Nous*, ein unfreiwilliger Soldat der Wehrmacht, ein Zwangseingezogener. Ich habe schon von ihm erzählt: Er war es, der die Schlacht von Stalingrad auf Seiten der Deutschen mitgemacht hatte und der in seinen schlaflosen Nächten im Zimmer herumwanderte, ohne jemals über das zu sprechen, was ihn verfolgte. Für ihn war der Krieg in einem russischen Sonderlager für Elsässer zu Ende gegangen. Viele waren nie wieder nach Hause gekommen. An diesem Tag saß Onkel Leo am Steuer seines grauen Massey-Fergusson, seines ersten Traktors. Er fuhr immer ein paar Meter voran zwischen zwei Reihen Heu und hielt an, sobald er mich »Halt« schreien hörte. Er ließ den Motor laufen und Jean-Claude und ich luden von beiden Seiten des Anhängers das Heu auf.

Es war sehr heiß an jenem Tag. Am Ende der Wiese stand ein mächtiger Nussbaum.

»Wir machen eine kleine Pause«, sagte Onkel Leo und stellte den Motor ab. »Unter den Nussbäumen ist es immer schön kühl.«

Wir haben die Flasche »Kaffeewasser« geöffnet, ausnahmsweise war da kein Schnaps drin, die Sonne brannte wirklich zu heftig. Ich weiß nicht mehr, wie und warum wir auf den Kommunismus und Russland zu sprechen kamen. Onkel Leo wusste, dass Jean-Claude »in der Partei« war. Für Onkel Leo, einen katholischen Bauern, war der Kommunismus schlimmer als die Hölle. Er war Raub, der Raub des Heiligsten, was ein Bauer besitzt: sein Grund und Boden. Und dazu kam, dass es in diesem System keinerlei Raum für die Religion gab, da es Gott ja gar nicht gibt für die Kommunisten. Sie können sich die Begegnung sicher vorstellen zwischen meinem katholischen Onkel, der in der Uniform der Wehrmacht den Krieg gegen die Rote Armee mitgemacht hatte, und dem jungen Kommunisten Jean-Claude. Mir wäre es lieber gewesen, wenn sie nicht über Politik gesprochen hätten, aber nach ein paar Schlucken »Kaffeewasser« begann Onkel Leo die Diskussion.

»Ach weißt du, es ist leicht, über Russland und den Kommunismus zu reden, wenn man nie dort war.«

»Ja, aber Sie können es auch nicht beurteilen: Sie waren da während des Krieges, und dazu noch als Gefangener in deutscher Uniform!«

»Richtig, es war Krieg. Und ich hab die Uniform der Wehrmacht getragen, einverstanden. Aber es war eben doch Russland. Ich hab gesehen, was das war. Du solltest da mal hinfahren, um es dir vorstellen zu können.«

»Ich war schon mal in einem kommunistischen Land«, antwortete Jean-Claude stolz. »Ich war bei einem internationalen Jugendlager dabei.«

»Soso, ein junger Mensch wie du war schon mal in einem *Lager*, einem Lager in Russland?«

»Nein, nein, ich war in der Deutschen Demokratischen Republik«, antwortete Jean-Claude und betonte das Wort »demokratisch« auf übertriebene Weise, wie ich fand.

»Soso, in der Deutschen Demokratischen Republik?«, sagte Leo und lachte, wobei auch er das Wort »demokratisch« betonte, aber anders. »Das ist doch der Teil Deutschlands, wo es nach dem Krieg keinen einzigen

Nazi gab, oder irre ich mich? Die ehemaligen Nazis waren alle im Westen, oder?«

In der Schule der Partei hatten sie gelernt, wie man in jeder Situation den politischen Gegnern antwortet. Jean-Claude hatte verstanden, wie sehr Politik eine Frage der Dialektik ist. Übrigens hatte er die sehr brenzlige Frage der Beziehung zwischen Dialektik und Dialekt dem Genossen Marxismus-Lehrer gestellt; der hatte geantwortet, dass die Frage der »kleinen Sprachen« eine sehr komplexe sei und dass es nur eine Antwort gebe, um sie endgültig zu lösen: die sozialistische Revolution. Diese Erklärung war logisch, da ja für Jean-Claude und seine Kameraden der Kapitalismus der Ursprung allen Unglücks und aller Probleme der Menschheit war. Um diese Probleme zu lösen, gab es nur eins: den Kapitalismus ausrotten.

Was Jean-Claude sich noch nicht genügend angeeignet hatte, war die Argumentationstechnik einem Mann wie Onkel Leo gegenüber, einem einfachen Mann, der laut lachte, sobald er »Deutsche *Demokratische* Republik« hörte. Noch nie hatte ich ihn so sehr lachen hören, meinen Onkel. Er hatte Tränen in den Augen und hielt sich an einem der hinteren Reifen seines Massey-Ferguson fest. Irgendwann fing er sich wieder und klopfte mir auf die Schulter, als wollte er sich bei mir bedanken:

»*Jetz hàw i weder amol güad g'làcht*« – »Jetzt habe ich mal wieder richtig gelacht.«

Dann blickte er besorgt zu den dunklen Wolken hinauf, die sich am Horizont zusammenballten.

»Los, wir bringen das zu Ende. Es wäre doch zu blöd, wenn uns das Gewitter einholen würde!«

Ich war ganz froh, dass der Himmel schwarz wurde, denn sonst hätten sie sich auch noch über das Massaker von Oradour-sur-Glane gestritten. Und dazu hatte ich überhaupt keine Lust, das können Sie mir glauben.

Weil nämlich zur Waffen-SS-Division *Das Reich* mehrere Elsässer gehörten, Zwangseingezogene, aber auch ein Freiwilliger, und diese SS-Division hatte am 10. Juli 1944 die Dorfkirche angezündet, nachdem sie alle Einwohner zusammengetrieben und dort eingepfercht hatte. Als nach dem Krieg die vierzehn Elsässer in Bordeaux verurteilt wurden, läuteten im empörten Elsass von Norden bis Süden alle Kirchenglocken Sturm. In der Gegend von Oradour aber war die kommunistische Partei damals sehr mächtig. Und als den elsässischen Verurteilten vom Parlament eine Amnestie gewährt wurde, war die Reaktion dort unten im Südwesten eine ganz fürchterliche. Vom Elsass und von den Elsässern wollte man kein Wort mehr hören, und von Frankreich, dem Verrat vorgeworfen wurde, am liebsten auch nicht. Daraufhin war in Straßburg der Sitz der Kommunistischen Partei verwüstet worden. Und lange Zeit war es nicht ratsam, sich in einem Auto mit elsässischem Nummernschild in der Gegend von Oradour zu zeigen. Da können Sie sich ja vorstellen, was es bedeutet hätte, wenn Onkel Leo und Jean-Claude eine Diskussion zu diesem Thema angefangen hätten.

Oradour, das ist schrecklich und sehr kompliziert. Ich habe in diesem Zusammenhang oft an meinen Vater gedacht, der wie die meisten Zwangseingezogenen, die nicht heimgekommen sind, in Russland gefallen ist. Was hätte er getan, wenn er stattdessen in die Waffen-SS-Division *Das Reich* zwangseingezogen worden wäre? In meinem Keller verwahre ich mehrere Schuhschachteln mit Zeitungsausschnitten und den Büchern zu dem Thema. Ich plane eine Art Synthese all dieser Texte, wenn ich einmal ein paar Wochen Ruhe vor mir habe, und danach schreibe ich dann ein historisches Drama in fünf Aufzügen. Den Titel hab' ich schon: *Oradour*. Es ist ein ganz schlichter Titel, denn das Thema muss sehr zurückhaltend behandelt werden, wobei der Politik und der Psychologie viel Platz eingeräumt werden muss. Denn unter den sechshundertzweiundvierzig Menschen, die in der Dorfkirche umgekommen sind, waren auch um die vierzig lothringische Flüchtlinge und ein Dutzend Elsässer aus Schiltigheim und Erstein. Vorerst schreibe ich nur Gedankenfetzen und Fragen auf Zettelchen auf, die ich dann in der Spezialschachtel sammle, auf die ich »Notizen zu Oradour« geschrieben habe.

Kapitel 20

Einige Zeit später hat sich Jean-Claude gefragt, ob seine Partei, die Kommunistische Partei Frankreichs, mit ihrer Linientreue zur Sowjetunion nicht auf eine schiefe Bahn geraten war. »Stell dir vor, die wollen die Macht übernehmen, indem sie sich mit den Sozialdemokraten zusammentun! Mit Verrätern, die sich vom Kapital bestechen lassen!« Einige Zeit später verkündete er mir die frohe Botschaft:

»Jetzt reicht's, ich geh' zu den Maoisten!«

Fortan war nicht mehr Russland, sondern China die Geburtsstätte des neuen Menschen. Man muss ja auch zugeben, dass Mao-Tse-Tungs Programm einer Kulturrevolution kein Dreck war! Jean-Claude nannte ihn den Großen Steuermann. Ein Programm, das sich in zwei Worten zusammenfassen lässt, »Revolution« und »Kultur« – Kultur mit »K« wie einst Kolmar! – das kann nicht ganz schlecht sein. Ich bin nicht jemand, der sich so ohne weiteres engagiert. Trotzdem fand ich seine Erklärungen recht interessant.

»Verstehst du«, sagte er, »die Grundidee ist, dass man die Intellektuellen aufs Land schickt, damit sie dort von den Massen lernen und eine praktische Vorstellung von der Feldarbeit bekommen.«

»Eine Art Umschulung auf Chinesisch?«

»Wenn du so willst, aber ausschließlich im Dienste des Volkes.«

Das war eine gute Idee, fand ich, denn als Student machte ich ja auch jedes Jahr mit bei der Weinlese in Heimsdorf. Ich erinnere mich, dass Jean-Claude in seiner maoistischen Phase einmal dabei war, und zwar mit Kameraden seiner politischen Gruppe. Es war eine Katastrophe. Sie waren der Meinung, dass mein Winzer-Cousin Schilles – derjenige, der später Chef der Feuerwehr wurde – sie ausbeutete. Sie fanden es ärgerlich, dass es nur Schweinefleisch gab, noch dazu sehr fettes Schweinefleisch, dass man auch bei Regen und sogar am Samstag arbeiten musste und dass die Witzchen der Leute aus dem Dorf wirklich zu platt waren.

Eines Tages, und diese Szene habe ich nicht vergessen, haben sie Schilles fast verprügelt, der psychologisch ganz und gar nicht darauf vorbereitet war, zur Symbolfigur für die Ausbeutung des Proletariats erhoben zu werden. Der Tag war lang und regnerisch gewesen: Wenn das Wetter schön ist, mag die Weinlese ganz nett sein, aber wenn es regnet und man den Arbeitsrhythmus beschleunigen muss, weil die Trauben anfangen zu faulen, dann ist es schon weniger lustig. Hinzu kam, dass an jenem Abend die Ernte des Tages auch noch gepresst werden musste: Die Pinot-Noir-Lese war abgeschlossen, und am nächsten Morgen ging's mit dem Riesling weiter. Nach dem Essen mussten also die letzten Pinot-Bottiche gepresst und die Presse gereinigt werden. Für meinen Cousin war das unumgänglich, und ich konnte das auch verstehen. Aber für Jean-Claude und seine Freunde, die jeden Abend nach dem Essen Althussers neue Lesart von Marx studierten und dabei einen Riesenpott Pfefferminztee schlürften, war das zuviel.

Wenn man so will war das eine Art Klassenkampf zwischen Jean-Claude und seinen Kameraden auf der einen und meinem Heimsdorfer Cousin auf der anderen Seite. Sie können sich vorstellen, dass mir diese Geschichte sehr unangenehm war, zumal ich ihnen gesagt hatte: »Kommt doch nach Heimsdorf und macht mit bei der Weinlese, ihr werdet schon sehen, die Stimmung ist toll!« Sie sind vor dem Ende der Weinlese wieder abgereist. Und für mich ist diese Weinlese eine üble Erinnerung. Es ist sehr lange her, aber ich habe es nicht vergessen. Später habe ich nie wieder jemanden eingeladen, bei der Weinlese mitzumachen.

Kapitel 21

GESTERN HAT MICH DANIEL in meinem Keller besucht. Ich weiß, dass es Sonntag war, weil er es mir gesagt hat. Er hat mir erklärt, dass er bei dem schönen Wetter mit seiner Familie eine kleine Fahrt aufs Land unternommen hat. Unterwegs war er mit seiner dritten Frau und dem gemeinsamen kleinen Sohn, mit den beiden Halbwüchsigen aus erster Ehe und außerdem noch mit einem Mädchen, das seine dritte Frau von einem anderen Mann hat. Seine dritte Frau hatte helle Kleider an. Ganz erkennbar war sie nicht sehr glücklich darüber, dass sie sich auf eine meiner feuchten Kisten setzen musste. Daniel wirkte besorgt. Immer wieder gab er mir einen Klaps auf den Rücken und fragte:

»Na, altes Haus, geht's dir gut?«

Ich antwortete, ja, ja, alles in bester Ordnung, aber das hinderte ihn nicht daran, mir immer wieder einen neuen Klaps zu verpassen und immer wieder dieselbe Frage zu stellen; schließlich habe ich mich gefragt, ob es nicht *ihm* schlecht geht. Die einzigen, die angetan davon schienen, sich hier in meinem Keller aufzuhalten, das waren die Kinder. Sie wanderten schweigend an der

Wäscheleine entlang und starrten auf die Fotos, als ob diese schlichten gefallenen Soldaten bedeutende historische Figuren wären.

Im Grunde hatten wir uns nicht viel zu sagen, Daniel und ich. Als seine dritte Frau dann gefragt hat: »Könnten wir nicht ein bisschen nach draußen gehen?« wurde mir klar, dass sie sich langweilte. Aber ich hatte überhaupt keine Lust, nach draußen zu gehen, zumal Sonntag war und ich durch den Lichtschacht sah, dass die Sonne viel zu grell für mich war. Daraufhin ist die ganze Familie wieder abgerückt. Als die Kinder mir die Hand gaben, wirkten sie ganz verschüchtert. Ich nehme an, sie hatten Angst davor, dem komischen, mehr oder weniger unrasierten Onkel einen Abschiedskuss geben zu müssen.

Wenig später tauchte Daniel noch einmal auf, allein. Er wollte mir etwas unter vier Augen sagen. Ich ahnte, dass es sich um meinen Sohn Nicolas handelte, weil sie regelmäßig Kontakt haben, das weiß ich.

»Er will dich nicht treffen ... «

»Er könnte mir ja wenigstens schreiben.«

»Ich weiß. Aber er will dir auch nicht schreiben. Es ist wohl auch besser, wenn er sich nicht dazu zwingt. Denn dann weißt du auch, wenn er doch einmal schreibt, dass er es wirklich will ... Bist du sicher, dass bei dir alles in Ordnung ist?«

Fast hätte ich ihm gesagt, dass es mir eigentlich nicht so gut geht, dass das Leben in meinem Keller schwierig ist, dass ich aber nicht mehr anders leben kann. Fast hätte ich ihm gesagt, dass ich mir Sorgen mache wegen meiner Gesundheit. Aber ich befürchtete, er würde sagen, dass ich dringend aus diesem feuchten Loch heraus muss. Also habe ich standgehalten und habe nichts gesagt.

Kurz nachdem er wieder weg war, habe ich in der Küche eine Kiste mit Lebensmitteln gefunden. Ich nehme an, er hat sie da abgestellt, aber ich bin nicht ganz sicher, denn seit ich den Keller nicht mehr verlasse, finde ich regelmäßig eine Kiste oder einen Korb mit Lebensmitteln oben an der Treppe. Ich brauche nur die Falltür aufzumachen, um mich zu bedienen. Da sind oft sehr gute Fläschchen dabei, insbesondere eine Sprudelflasche, die mir jemand mit Schnaps füllt und die ich immer, wenn sie leer ist, so alle zwei oder drei Tage, wieder neben die Falltür stelle.

Vielleicht honorieren die Heimsdorfer ihren Seelenhüter auf diese Weise, den Hüter der in Russland gebliebenen Seelen.

Kapitel 22

Nach dem Krieg bekam Onkel Paul die Lehrerstelle in Heimsdorf. Es war die Stelle, die 20 Jahre zuvor Gonzague Jeaubredot innegehabt hatte – mit dem gleichen Podest, der gleichen Tafel, dem gleichen Auftrag. Das muss schon komisch für ihn gewesen sein.

Nach 1945 wurden die so genannten *Nàchtschuele*, die Abendschulen erfunden. Die Dorfschullehrer unterrichteten abends junge Erwachsene, die während der Nazi-Besatzung die Schule besucht hatten, in einer Zeit also, als man Gefahr lief, schnurstracks ins Lager von Schirmeck eingeliefert zu werden, wenn man auch nur »*bonjour*« oder »*merci*« sagte oder eine Baskenmütze trug. Diese armen Dorfbewohner, die nie einen Vers von La Fontaines Fabel *Der Bauer und seine Kinder* gehört hatten, waren unfähig, ein so kompliziertes Verb wie »*geindre*«, stöhnen, zu konjugieren, und schon gar nicht im Konjunktiv Imperfekt; auch wussten sie nichts von der Länge der Loire oder der Höhe des Mont Blanc.

Der angestammte Platz für ein Verb, das ist die Mitte des Satzes: Subjekt, Prädikat, Objekt, Punkt. Das Prädikat tut die Handlung kund. Warum also an das

Ende des Satzes ein Wort packen, das die Handlung anzeigt, das zentrale Element des Lebens, und deswegen in die Mitte des Satzes gehört? Das waren wohl die grammatikalischen Grundkenntnisse, die Onkel Paul diesen jungen Leuten vermitteln musste, nachdem er drei Schuljahre auf der anderen Seite des Rheins damit verbracht hatte, den Kindern zu erklären, dass der Beweis für die Größe der deutschen Sprache darin liege, dass sie das Verb häufig ans Satzende verfrachtet.

Ich glaube, er war glücklich, zu einer Sprache zurückzufinden, die er sich selbst mühsam erarbeitet hatte, um sie dann leidvoll wieder vergessen zu müssen. Das war für ihn wohl, wie wenn man einen Freund wiederfindet, den man aufgrund eines dummen Missverständnisses aus den Augen verloren hat. Letztendlich war die große Frage nicht die unterrichtete Sprache – man hatte hierzulande längst kapiert, dass die Unterrichtssprache immer die des Siegers zu sein hat –, sondern die außerhalb von der Schule gesprochene Sprache. Im Klartext: Was würde nun aus dem elsässischen Dialekt?

In seinem neuen Nachkriegsleben hatte mein Onkel eine einfache Lösung gefunden, eine Lösung, die er selbst die »Etagenregel« nannte. Wir wohnten in der Dienstwohnung, die sich im ersten Stock des Schulhauses befand (in dem es, da kann ich Sie gleich beruhigen, auch ein Kellergewölbe gab). Im Erdgeschoss war das Klassenzimmer – wegen der geringen Schülerzahl ein einziges, für Jungen und Mädchen gemischt –, jenes Klassenzimmer, wo Gonzague Jeaubredot eines schönen Oktobermorgens im Jahre 1919 ein Kind des Dorfes dazu hatte bringen wollen, seinen Namen vorzulesen. Mein Onkel war der einzige Lehrer dieser Schule, auch der einzige Rektor und der einzige Heizungsbeauftragte: Er war es, der in der kalten Jahreszeit sehr früh am Morgen den riesigen Kanonenofen anheizte. Die Schüler, die in der Nähe des Ofens saßen, folgten dem Unterricht im Unterhemd, im *Finettl,* wie es bei uns heißt, und waren knallrot und nassgeschwitzt. Diejenigen, die am anderen Ende des Klassenzimmers saßen, mussten ihre Mäntel und ihre Schals anbehalten.

Die so genannte Etagenregel war ganz einfach: Im ersten Stock sprach man ausschließlich Elsässisch, im Erdgeschoss ausschließlich Französisch. Das war absolute Vorschrift. Allerdings hatte das Realitätsprinzip die innerfamiliäre Rechtsprechung aufgeweicht: Der »Lehrergarten«, den die Gemeinde der Familie unentgeltlich zur Verfügung stellte, wurde als Dépendance des ersten Stocks angesehen. Dort sprach man ebenfalls Elsässisch. Aber dazu kam das sehr viel schwierigere Problem des Schulhofs. Die Schulhöfe waren die Orte, wo die Spontaneität der kleinen Elsässer und die Forderung der Republik nach der Einheitssprache aufeinanderprallten. Jahraus, jahrein musste mein Onkel, wie alle seine Kollegen, die Kinder im Schulhof immer wieder ermahnen: »*Causez français!«* – »Redet Französisch!« Aber im Schulhof befanden sich auch die Waschküche des Lehrers, seine Hühner und seine Hasen sowie das Heu für die Hasen ... Und die Hühner und die Hasen wären sehr verblüfft gewesen, wenn man sie auf Französisch angeredet hätte. Also wurde folgende Regel eingeführt: Im Schulhof wird während der Unterrichtsstunden Französisch geredet, aber wenn es um die Hühner, die Hasen oder die Wäsche ging, war die Sprache des ersten Stocks erlaubt.

Mein Onkel achtete streng darauf, dass die so genannte Etagenregel befolgt wurde. Für ihn, der sein Leben damit verbracht hatte, Sprachen zu lernen und zu unterrichten, die nicht die seinen waren, stellte diese willkürliche Aufteilung der Sprachräume kein Problem dar. Er wusste, dass die Frage der Sprachen lediglich eine der militärischen Lage war, war doch die Leitsprache immer die der Armee, die den letzten Krieg gewonnen hatte.

Im ersten Stock und in den durch die familiäre Rechtsauslegung gleichgestellten Zonen hörte man immer häufiger: »*Redd Elsässisch!*«, und im Erdgeschoss oder im Schulhof ertönte das berühmte »*Causez français*« ebenso oft wie die in einer Lehrerlaufbahn der damaligen Zeit millionenfach wiederholten Sprüche wie »Ruhe! Sonst gibt's Ärger!« oder »In Zweierreihen aufstellen!«

Ich erinnere mich an die großen Diskussionen zwischen Onkel Paul und seinen Kollegen aus den Nachbardörfern über die Sprache des ersten Stocks. Die meisten unter ihnen sprachen auch mit Weib und Kind fast nur noch die Sprache der Republik.

»Und wenn die Großeltern deiner Kinder, die kein Wort Französisch sprechen, zu Besuch kommen, wie reden die denn mit ihren Enkelkindern?«, fragte er sie.

Großvater Mattern sprach kein Wort Französisch. Wenn ich die Sprache des ersten Stocks nicht beherrscht hätte, wüsste ich vielleicht gar nichts vom Sauerkraut im Bahnhof von Metz im August 1914. Und was wüsste ich heute über seine Feldzüge in Russland, wenn ich diesen einen, wesentlichen Satz nicht verstanden hätte: »*Un d'r noh het's gschneit un gschneit un gschneit ...*

»Ja das ist ein Problem«, antworteten die Kollegen meines Onkels.

Ich erinnere mich an einen von ihnen, der immer sagte, sobald es um das Deutschtum und die deutsche Sprache ging oder um die gemeinsame Vergangenheit als *incorporés de force*, als Zwangseingezogene: »*Ir kà si nemmi schmecka!*« – ich kann sie nicht mehr riechen, die Deutschen. Als wollte er ein für allemal die Erinnerung an einen bösen Traum aus seinem Gedächtnis löschen.

Als ein paar Jahre nach dem Krieg wieder davon die Rede war, den Kindern auf dem Land Deutsch beizubringen, kam es bei einigen ihrer Sitzungen zu heftigen Wortgefechten.

»Kaum haben wir die Abendschulen hinter uns«, sagten einige unter ihnen, »wo wir den Leuten Grundkenntnisse in Französisch eingetrichtert haben, schon sollen wir den Knilchen wieder Deutsch beibringen? Da können die lange warten!«

Kapitel 23

IM ELSASS WAREN DIE DORFSCHULLEHRER nie die »Husaren der Republik« gewesen, wie man sie auf der anderen Seite der Vogesen nannte. Denn hier sind Kirche und Staat nach wie vor Zwillinge. Wie gewisse Wolken, die vom Westwind vorangeschoben werden und die an den Gipfeln der »blauen Linie« hängen bleiben, hat die Trennungsregel, die darin besteht, Cäsar auf dem einen und Gott auf dem anderen Ufer anzusiedeln, die Vogesengrenze nie überschritten.

In meinem Keller verwahre ich mehrere Geschichtsbücher, die das Problem sehr ausführlich behandeln, das ich auf folgende Weise zusammenfassen möchte: Das Konkordat war ursprünglich ein Abkommen zwischen Napoleon und dem Papst, das für ganz Frankreich gültig war, also bis 1870 auch im Elsass. Als wir 1870 Deutsche geworden sind, haben wir ganz höflich gefragt: »Bitte, Herr Bismarck, könnten wir unser Konkordat nicht behalten?« Er hat eingewilligt: »Gut, einverstanden, das lassen wir euch.« Aber mittlerweile, 1905 nämlich, wurden in Frankreich Kirche und Staat getrennt. Und da wir damals noch Deutsche waren, war dieses napoleonische Konkordat nur noch in dem winzigen Stückchen Deutschland unten links auf der Landkarte gültig.

1918 wurde die Sache komplizierter, als wir wieder Bestandteil der einen und unteilbaren Republik wurden. In Paris war man der Meinung, dass die Trennung zwischen Kirche und Staat überall Gültigkeit haben müsse, aber hierzulande haben Katholiken, Protestanten und Juden unisono protestiert: »Was? Ihr, das heißt Frankreich, ihr wollt ein napoleonisches Gesetz bei uns hier abschaffen, ein Gesetz, das seit mehr als einem Jahrhundert Gültigkeit hat und das nicht einmal die Preußen abzuschaffen wagten?«

Eine Argumentation, die nicht abzuschmettern war, da sind wir uns einig. Also wurde das Konkordat aufrecht erhalten und seitdem hat sich nichts mehr geändert. Und das ist der Grund, weshalb man besser in Colmar als in Épinal Priester, Pfarrer oder Rabbiner ist: je nachdem, auf welcher Seite der Vogesen man sein Amt ausübt, ist man Beamter oder nicht!

In Heimsdorf wechselte Onkel Paul genauso zwanglos vom Sakralen zum Profanen über wie er von der Sprache des ersten Stocks zu der des Erdgeschosses überwechselte. In seinem Klassenzimmer hing über dem Podest ein riesengroßes Kreuz. In unbefangenem Nebeneinander versah mein Onkel in der Kirche den Orgeldienst und führte im Gemeinderat das Protokoll der Verhandlungen.

Der Bürgermeister war bereit, mir dieses Register zu borgen. Ich habe es hier vor mir liegen. Er hat nur ein Zettelchen hineingelegt: »Vorsicht. Das Buch mag keine Feuchtigkeit. Es ist wertvoll: Es enthält die gesammelte Erinnerung von Heimsdorf!« Und er hat hinzugefügt: »Angenehme Lektüre!« An dieser kleinen Bemerkung sieht man, dass der Bürgermeister meine Arbeit anerkennt, die im Ordnen der Fotos und somit im Ordnen des Gedächtnisses von Heimsdorf besteht. Und vor allem hat er etwas ganz Wichtiges erkannt: Eine solche Arbeit kann nur im Halbdunkel und in der Stille eines Kellers vollbracht werden. Er wäre sonst nicht einverstanden gewesen, dass ich dort Einsicht nehme in das Buch.

Wenn ich das nächste Mal zu Monsieur Jemand gehe, werde ich ihm von der sehr positiven Einstellung des Heimsdorfer Bürgermeisters mir gegenüber berichten. Denn seit ich in meinem Keller lebe, habe ich das Gefühl, dass Monsieur Jemand sich allmählich Sorgen um mich macht. Ich spüre, dass er etwas nervös ist und ich habe den Eindruck, dass er sich etwas häufiger äußert. Ich fände es ja rührend, wenn er sich meinetwegen Sorgen machen würde. Das würde doch bedeuten, dass er sich nach all den Jahren endlich für mich interessiert. Nächsten Dienstag werde ich ihm ohne jegliche Aggressivität, aber sehr deutlich sagen:

»Ich bin doch etwas enttäuscht, dass Sie die zwingende Notwendigkeit für mich, in einem Keller zu leben, nicht akzeptieren, wo doch der Bürgermeister von Heimsdorf es sehr wohl versteht.«

Die Aufzeichnungen im Register beginnen 1902 und enden 1965. Es tut mir sehr leid, dass ich es Ihnen nicht zeigen kann, denn wenn Sie darin blättern könnten, würden Sie auf der Stelle verstehen, was ich Ihnen über Seiten und Seiten zu erzählen versuche. Ich bemühe mich, so gut wie möglich zu erzählen, und Sie verstehen mich oder auch nicht. Aber hier, in diesem Register ist das wunderbar: Da gibt es nichts zu verstehen, man muss nur darin blättern.

Am Anfang sind die Protokolle in dieser alten, äußerst dichten und schrägen deutschen Schrift geschrieben, die ich gar nicht entziffern kann. Selbst ein Deutscher meiner Generation würde das nicht schaffen, da bin ich ziemlich sicher. Die einzigen Wörter, die ich verstehe, das sind die Namen der Mitglieder des Gemeinderats am Anfang des Jahrhunderts, was nicht sehr schwer ist, weil sich in unserem Dorf die Familiennamen seit dem Mittelalter praktisch nicht geändert haben. Aber ganz ehrlich, selbst wenn Sie den Text nicht lesen können, es lohnt sich, drauf zu schauen.

Ab 1918 dann tauchen verschiedene Schriftarten auf. In den ersten Jahren nach der Wiederangliederung an Frankreich erfolgen die Niederschriften ausschließlich auf Deutsch, einfach weil niemand in der Lage ist, sie auf Französisch zu schreiben. Nur ein französischer Satz taucht immer wieder auf, der ganz automatisch nach jedem Bericht abgeschrieben wird: »*Vu que plus de la moitié des membres actifs sont présents, le conseil a qualité de pouvoir délibérer de façon valide*« – »Da mehr als die Hälfte der aktiven Mitglieder anwesend ist, ist der Gemeinderat beschlussfähig«. Vermutlich garantierte dieser Satz, den in Heimsdorf niemand verstand, dass alle Beschlüsse des Gemeinderats den Formvorschriften der Republik Frankreich genügten.

Nach ein paar Jahren werden die deutschen Berichte übersetzt und bis 1940 ist das Register zweisprachig. Dazu muss man wissen, dass die Tagesordnungen des Heimsdorfer Gemeinderats seinerzeit sehr umfangreich waren. Diejenigen, die glauben, das soziale Leben sei damals einfacher gewesen, weniger bürokratisch als heute, täuschen sich. Die Fragen um die Verwaltung der Scheune für die Dreschmaschine der Gemeinde, um die Ausschreibung und Versteigerung des Jagdrechts auf Gemeindegelände, um die Unterbringung des Zuchtbullen, um den Holzeinschlag, um die Ausbesserung des einen Gemeindewegs und nicht des anderen, all das führte zu endlosen Verhandlungen und seitenlangen Berichten in zwei Sprachen. 1940 wird dasselbe Register weitergeführt. Die französische Sprache verschwindet. Allerdings genügen für die Zeit von 1940 bis 1945 zwei Seiten, um die rein formalen Vermerke aufzunehmen.

Ich war sehr gerührt, als ich im Register die Schrift

meines Onkels auftauchen sah. Denn diese Lehrerschrift gehörte in sehr lebendiger Weise zu dem Mann, der er gewesen ist. Zu den persönlichsten Spuren derer, die uns verlassen, gehört die jedem Menschen ganz eigene Art, Wörter aneinanderzureihen und zu Papier zu bringen. Bei ihm war sie eine gewisse Zeit lang deutlich vom deutschen Schreibstil geprägt. In meinem Keller habe ich griffbereit einen Gedichtband von Goethe liegen, und auf der ersten Seite steht oben in der Handschrift meines Onkels: »Weihnachten 1942«. Jedes Mal, wenn ich dieses Bändchen aufschlage, bin ich verblüfft, wie sehr in dieser Zeit seines Lebens seine Schrift von der *Dummschulung* geprägt war. Aber hier auf der Seite des Registers, oben links unter dem Datum 1. März 1947 ist es ganz deutlich die Handschrift eines französischen Lehrers. Ich nehme an, er hatte Zeit genug gehabt, um zu seiner Vorkriegsidentität zurückzufinden.

Jedenfalls lautet die erste, etwas seltsame Beschlussfassung des Heimsdorfer Gemeinderats, die von meinem Onkel an jenem Tag niedergeschrieben wurde, folgendermaßen: »Der Gemeinderat beschließt, an die Landwirtschafts-Versicherungskasse 360 Francs zu entrichten für die Haftpflichtversicherung bezüglich der Verwahrung des Dorfbullen. Da der Stier im Laufe des Jahres 1946 verkauft wurde und die Gemeinde keinen eigenen Stier mehr besitzt, beschließt der Gemeinderat, diese Versicherung zu kündigen.«

Dann blättert man ein paar Seiten weiter und stößt auf eine unterstrichene große Überschrift: »Anschluss des Elsass an Frankreich: Fest zur Dreihundertjahrfeier am 14. Juli 1948.« Er hatte sich die Freiheit genommen, den Text auf eine Doppelseite jenes Registers niederzuschreiben, das doch in keiner Weise dazu bestimmt war, die Dorfchronik aufzunehmen. Diesmal hatte mein Onkel wohl den Hauch der Geschichte gespürt. War ihm damals klar, dass die Geschichte, wenn sie keine Spuren hinterlässt, dazu verdammt ist, in Vergessenheit zu geraten? Oder hatte er das Gefühl, er habe da einen besonderen Auftrag, so ähnlich wie ich mit den Männern auf den Fotos, die neben mir in meinem Keller leben?

Jedenfalls finde ich, dass der Text ganz schön grandios anfängt, nämlich in der Vergangenheitsform des Romans. »Das Fest zum dreihundertjährigen Jubiläum wurde in unserer Gemeinde feierlich begangen. Wie üblich fand am Vormittag ein Gottesdienst statt. Im Laufe des Nachmittags jedoch fanden der Nationalfeiertag und das Fest zum 300. Jubiläum einen äußerst lebhaften Widerhall bei der Bevölkerung.« Etwas später wechselt er zum Plusquamperfekt über: »Die gesamte Bevölkerung hatte sich unter dem Vorsitz des Vizepräfekten im Gemeindesaal versammelt.« Ich finde, das Plusquamperfekt bei diesem Punkt des Berichts ist eine gute Wahl. Die Heimsdorfer waren dabei, das Festessen zu verdauen, der Vize-Präfekt dachte angestrengt über die Pflichten seines Amtes nach und sah sich genötigt zu dulden, dass man ihm das Glas immer wieder neu füllte. Kein Zweifel, das Plusquamperfekt, das erfunden wurde, um Handlungen zu beschreiben, die eine bestimmte Dauer in der Vergangenheit haben, passte haargenau zu diesem Sommernachmittag, an dem die Heimsdorfer, die allmählich von einer wohligen Schläfrigkeit erfüllt waren, sich die Zeit nahmen, den Augenblick zu genießen.

Die Rede des Vizepräfekten forderte natürlich zwingend die Rückkehr zur einfachen Vergangenheitsform: »Monsieur le sous-préfet erwähnte nachdrücklich die tiefere Bedeutung dieses denkwürdigen Tages und verlieh folgenden Personen einen Orden ...« Die Ausgezeichneten waren allerdings lediglich die Feuerwehmänner, die die Altersgrenze erreicht hatten. All diese Leute habe ich gekannt. Es waren die Greise des Dorfes, als ich ein Kind war. Dann kam eine Stelle im Text, die mich sehr bewegt hat. »Alle jungen Feuerwehrmänner, die an die Stelle ihrer Väter gerückt waren, trugen zum ersten Mal ihre neue Uniform.« Ich musste sofort an meinen Cousin Schilles denken, den jetzigen Chef der Feuerwehr, dessen Vater damals die Nachfolge seines Vaters angetreten hatte. Und dann fiel mir ein, dass das Unbehagen, das ich manchmal in seiner Gegenwart empfinde, möglicherweise daher rührt, dass ich nie bei der Freiwilligen Feuerwehr gewesen bin. Schilles wohnt in einem schönen Haus in der neuen Siedlung, und ich wohne in einem Keller.

Darüber muss ich mit Monsieur Jemand sprechen, wenn ich ihn nächstes Mal sehe. Ich weiß, dass er immer sehr zufrieden ist, wenn ich solche Fragen anschneide. Gleich zu Beginn werde ich sagen:

»Vielleicht kommen meine Probleme daher, dass ich nie Feuerwehrmann in Heimsdorf gewesen bin, was meinen Sie?«

Falls Sie dieser Text über die Dreihundertjahrfeier interessiert, können Sie, wenn Sie mal nach Heimsdorf kommen, im Rathaus um Einblick in das Register ansuchen. Denn ich werde es bald schon dem Bürgermeister zurückgeben, wegen der Feuchtigkeit. Ich kann hier also nicht die gesamte Beschreibung des Dorffestes wiedergeben, die manchmal an Werke der flämischen Maler erinnert, weil es eine Kegelbahn im Freien gab und einen »reich geschmückten, mit zahlreichen Gewinnen behängten, hoch aufragenden Schlaraffenbaum«. Das Fest dauerte bis tief in die Nacht hinein, und der Tanz hat, laut Onkel Paul, »viel Jugend angezogen …«, aber viel mehr sagt er dazu nicht, da er vermutlich am vom Bürgermeister gestifteten Essen teilnahm.

Ich nehme an, dass Onkel Paul den Schluss des Berichts, der voller Emotion ist, sehr ausgefeilt hat. Was mich in meiner Meinung bestätigt, dass es immer gefährlich ist, wenn man unter allzu starker Ergriffenheit schreibt. Urteilen Sie selbst: »Möge die Harmonie, die an jenem Tag in unserer kleinen Gemeinde herrschte, fortdauern zugunsten unseres geliebten Vaterlandes Frankreich, zu dem wir zurückgekehrt sind, und zugunsten des Elsass, das von diesem mörderischen Krieg so schwer mitgenommen wurde! Möge die Heimsdorfer Jugend dieses schöne patriotische Fest niemals vergessen!«

Darunter steht dann sein Name und der Hinweis: »Lehrer, Gemeindeschreiber«.

Kapitel 24

ZEHN JAHRE SPÄTER, als Daniel fast fertig war mit seinem Studium und er keinen weiteren Anspruch auf Zurückstellung vom Wehrdienst geltend machen konnte, nahmen die Spannungen in Algerien dramatisch zu. Alle Welt hoffte, dass dieser Krieg, der gar kein richtiger Krieg war, weil immer nur von den »Ereignissen in Algerien« die Rede war, irgendwann von selbst aufhören würde. Aber das Gegenteil war der Fall. Die Lage wurde von Monat zu Monat schlimmer.

Onkel Paul dachte vermutlich an den seltsamen Stillhaltekrieg vom Winter 1939/40 20 Jahre zuvor. Daniel äußerte sich kaum, und Tante Anna dachte in ihrem Innern vielleicht wie so viele Heimsdorfer Frauen vor ihr, sie müsse bereit sein hinzunehmen, dass ihr Sohn sein Leben dem Vaterland opferte. Mir war es peinlich, dass ich freigestellt war, ich habe es schon erzählt. Vermutlich dachten die Leute über mich: »Der hat ein Riesenglück, der wird nie nach Algerien müssen«, so wie sie früher dachten: »Der arme Junge, der wird seinen Vater nie kennen lernen.«

Die Armee schickte meinen Cousin nach Tlemcen,

damit er dort die territoriale Unversehrtheit der Nation verteidigte. Es kam gar nicht in Frage, dass Algerien sich vom Mutterland abspaltete, wo man doch gerade erst Elsass-Lothringen zurückgeholt hatte.

So weit geh ich nicht zu behaupten, dass es für meinen Cousin, für Onkel Paul und für unsere Großväter normal war, bald in einer Uniform, bald in einer anderen in den Krieg zu ziehen; alle drei Generationen hätten liebend gerne darauf verzichtet, aber es war eben Pech zu einem Zeitpunkt, wo für einen Mann normalerweise das aktive Leben beginnt. Und da es sich bei jeder Generation wiederholte, war man schließlich der Meinung, dieses Pech sei unvermeidlich.

Die Sprache des ersten Stocks, ich habe es schon gesagt, war Elsässisch. Aber die Sprache des Rundfunks, auch im ersten Stock, das war die Sprache des Senders Europe n°1. Das Radio stand etwas erhöht oberhalb des Sofas, direkt über dem Kopf von Onkel Paul, der die Nachrichten, beziehungsweise »das Neueste aus Algerien« immer im Liegen hörte. Die Flut der Informationen ergoss sich über sein Gesicht, das sich verkrampfte, sobald von Zwischenfällen, Zusammenstößen und vor allem von Plastikbombenanschlägen die Rede war. Und dieses Wort »Plastikbomben« war neu und merkwürdig, die technische Bedeutung ist mir anfangs nicht ganz klar gewesen. Vermutlich machte es mir einfach Angst. Jedes Mal, wenn die Rede von Tlemcen war, konnte ich beobachten, wie sich Onkel Pauls Körper versteifte, eine leichte Bewegung seiner Beine wirkte wie ein Zurückweichen, als wolle er einem Angriff zuvorkommen.

Wir stürzten uns auf Daniels Briefe. Er versuchte uns zu beruhigen: »… wunderbare Landschaften …, wirklich tolle Kameraden … anspruchsvolle aber gerechte Vorgesetzte …« Er beschrieb sehr genau die Menüs, die man ihnen in der Kaserne servierte. Und außerdem, welch nette Überraschung, kam der Koch des Regiments wie Tante Anna aus dem Sundgau, dem Teil des Elsass', der an die Schweiz grenzt. Er schickte uns Fotos, die keinerlei Ähnlichkeit hatten mit denen der Heimsdorfer Männer, die in den früheren Kriegen an der Ostfront beim Fotografen aufgenommen worden waren. Unsere Vorfahren wirkten erstarrt, wohingegen die Fotos von Daniel vor Leben strotzten. Man sah ihn inmitten von jungen Männern seines Alters, alle mit nacktem Oberkörper, fröhlich. Onkel Paul sah besorgt aus: er studierte die Fotos, als seien sie dazu da, die Wirklichkeit dieses Krieges zu tarnen. Das war ja auch befremdlich, Soldaten, die sich mitten im Krieg in der Sonne tummeln! In Heimsdorf war man an Geschichten von Kriegen gewöhnt, die sich in eisiger Kälte abspielten, Geschichten, in denen es immer wieder hieß: *Un d'r noh het's gschneit un gschneit und gschneit …*

Ich weiß nicht, was aus diesen Fotos geworden ist. Aber wenn ich sie hier in meinem Keller hätte, ich wüsste nicht, was ich damit anfangen soll. Sie waren winzig – fünf mal fünf Zentimeter große Vierecke mit gezackten Rändern. Es hätte überhaupt keinen Sinn, sie neben den Fotos der Vorfahren an der Wäscheleine aufzuhängen. Sie wären viel zu klein. Man würde nichts erkennen.

Vielleicht erinnerte sich mein Onkel nun daran, dass er und mein Vater zum Zeitpunkt des Münchner Abkommens heftige Auseinandersetzungen mit Großvater Mattern hatten. Vielleicht wurde ihm jetzt erst klar, warum Großvater Mattern, der zwei Söhne im passenden Alter für den Krieg hatte, diesen Krieg unbedingt vermeiden wollte. Vielleicht dachte er in seinem tiefsten Innern, dass es im Grunde egal wäre, ob Algerien zu Frankreich gehört oder nicht, er durfte es nur nicht laut sagen. Wo wir doch erst seit gut zehn Jahren wieder Franzosen waren! Das würde keinen guten Eindruck machen.

Na ja, ich sag das einfach so. Ich weiß wirklich nicht, was in seinem Kopf vorging. Wenn ich ganz ehrlich über diese Zeit reden soll, dann kann ich nur von zwei Erinnerungen berichten: dass Onkel Paul auf seinem Sofa erstarrte, wenn im Radio von Tlemcen die Rede war, und dass ich mich sehr schämte, weil ich nicht nach Algerien musste.

Dieses Gefühl der Scham sitzt schon so lange in mir, dass es sich mit der Zeit im Knochenmark festgefressen hat, und manchmal frage ich mich, ob es nicht der Ursprung der Schmerzen und Symptome diverser

Krankheiten sein könnte, die mir in letzter Zeit immer mehr zu schaffen machen. Darüber rede ich natürlich mit niemandem. Es lohnt sich nicht, wenn ich sowieso nur zu hören bekomme, dass ich meinen Keller verlassen und einen Arzt aufsuchen sollte.

Kapitel 25

UNTER DEN FOTOS in meiner Schachtel hatte mich eines in seinen Bann gezogen: es war das Foto eines Menschen, der mir etwas mitteilen zu wollen schien. Es gab keinerlei Inschrift auf der Rückseite, niemand hatte mir irgendetwas zu ihm sagen können. Seine Gesichtszüge waren uncharakteristisch und erinnerten an keine der alteingesessenen Heimsdorfer Familien.

Der Typ verunsicherte mich, ich kann nicht sagen, warum. Sein Foto hatte ich etwas abseits aufgehängt, in einem Areal, das weder von den Lichtschächten noch von der Dreißig-Watt-Birne beleuchtet wird. Wenn man sich mit der Kerze näherte, ahnte man, dass der Mann eine Uniform trug. Aber auf dem Foto sah man gerade noch die Schultern und den Kopf. Es war schwer zu erkennen, ob es sich um eine deutsche oder eine französische Uniform handelte. Es war auch schwer zu schätzen, wann dieses Porträt aufgenommen worden war. Was aus dem Foto sprach, hatte ohnehin nichts mit einer bestimmten Periode der Geschichte zu tun, es war der Gesichtsausdruck, der einen sofort stutzig machte: der Blick war sehr direkt, leicht anklagend, aber ohne Hass. Man wusste auf Anhieb, dass dies ein Mann war, der allen Blicken standhielt, jedenfalls meinem, das können Sie mir glauben. Ich habe es etwas abseits aufgehängt, vermutlich um dem Blick dieses Unbekannten nicht ständig ausgesetzt zu sein, der möglicherweise nicht einmal ein Heimsdorfer war und von dem ich absolut nichts wusste. Ich bildete mir ein, ohne irgendeinen Beweis dafür zu haben, dass er tot war.

Vergangene Nacht bin ich bibbernd aufgewacht. Ich weiß nicht, warum ich in diesem Zustand war, ich erinnere mich nur, dass ich von Kopf bis Fuß zitterte. Ich hatte in der Tat vor dem Einschlafen die halbe Limonadenflasche geleert, die diesmal Mirabellenschnaps enthielt. Es ist ja nicht das erste Mal, dass ich mich in diesem Zustand schlafen legte, aber noch nie hatte ich mitten in der Nacht so geschlottert, ich hatte Mühe, eine Kerze anzuzünden. Dann bin ich meine Fotogalerie abgeschritten, wo schweigend die toten Seelen der Soldaten hingen. Einen nach dem anderen habe ich sie angeleuchtet mit meiner Kerze. Ich weiß nicht, warum ich in dieser Nacht länger als sonst vor dem Foto des Unbekannten stehen blieb. Vielleicht hatte mir der Mirabellenschnaps Mut gemacht, seinem Blick standzuhalten. Er hat nicht mit der Wimper gezuckt. Ich habe als erster weggeschaut.

Plötzlich habe ich bemerkt, dass das Foto an der Leine ganz leicht zu schaukeln anfing. Sekunden später sprach der Mann zu mir:

»Ich heiße …«

»Verzeihung, aber ich habe Ihren Namen nicht verstanden«, sagte ich stotternd.

»Mein Name hat keine Bedeutung. Du musst nur wissen, dass ich im Namen all der Heimsdorfer Männer spreche, die hier an deiner Wäscheleine hängen, aber auch der Männer, deren Fotos verloren sind, und all der anderen, an die sich niemand mehr erinnert.«

Ich weiß nicht, ob Sie sich schon einmal mit Toten unterhalten haben. Bei mir war es das erste Mal. Ich kann Ihnen sagen, dass sie nicht wirklich sprechen. Die Toten flüstern, wenn sie mit uns reden. Das wusste ich auch nicht, bevor der Unbekannte vergangene Nacht mit mir sprach. Ich musste ihn öfter mit einem »Wie bitte?« oder einem »Verzeihung« unterbrechen. Dann wiederholte er, was er gerade gesagt hatte, aber ich verstand ihn nicht unbedingt besser. Ich sag es Ihnen lieber, weil es ja sein könnte, dass ich einiges falsch verstanden habe. Ohnehin habe ich mehrere Satzfetzen nicht mitbekommen. Aber eines hat er mit Nachdruck betont, und da bin ich mir sicher, dass ich es richtig verstanden habe:

»Heute ernenne ich dich zum Treuhänder der Erinnerung aller Gespenster deiner Ahnen. Du wirst alles, was sie dir zuflüstern, sorgfältig aufschreiben. Fortan verbürgst du dich dafür gegenüber der Ewigkeit. Aber Vorsicht: du bist nicht nur der Sekretär des Gedächtnisses all dieser Gespenster. Du musst es auch weitergeben und dafür sorgen ...«

»Ich fühle mich unfähig, einen solchen Auftrag zu erfüllen«, unterbrach ich ihn. »Gern will ich alle Fotos sammeln und sie an dieser Leine aufhängen, aber das ist alles!«

Kaum hatte ich meinen Satz beendet, schon hörte ich, wie alle Fotos zu flüstern begannen. Es war ein vorwurfsvolles Geflüster. Wo sie nun einmal die Gelegenheit bekamen, sich auszudrücken, im Namen der Heimsdorfer das Wort zu ergreifen, so ihr anschwellendes Gemurmel, da stießen sie auf einen Waschlappen, der unfähig war, das Gedächtnis der Seinen zu tragen!

Die dumpfe Stille, die sonst in meinem Keller herrscht, können Sie sich vorstellen. Nachts wird sie nur hin und wieder von einem vorbeifahrenden Auto oder Moped gestört. Aber ich kann Ihnen versichern, dass man jetzt das Gefühl hatte, in einem Weinkeller zu sein, wo gerade die Gärung begonnen hatte, so heftig wurde da allseits geflüstert ... Alle sprachen sie gleichzeitig. Ich konnte keinen eindeutig verstehen, aber insgesamt kapierte ich, was sie mir sagen wollten. Diejenigen von 1914–18 waren die lautesten. Vielleicht weil sie schon länger warteten als die anderen. Schon fast ein Jahrhundert lang, stellen Sie sich das doch vor!

Während ich mit meiner Kerze vor den Fotos auf und abging, sah ich plötzlich, dass sie sich alle zu bewegen begannen, als ob in meinem Keller ein leichter Wind aufgekommen sei. Ehrlich: Wenn Sie in dieser Nacht meinen Keller betreten hätten, ich weiß nicht, wie Sie reagiert hätten angesichts all der schaukelnden Fotos und vor dem merkwürdigen, unverständlichen Geraune.

Die Stimmung wurde immer bedrohlicher, die Bewegung der Fotos immer heftiger. Es war keine leichte Brise mehr, die sie in Bewegung brachte, es war schon der Beginn eines Sturms. Plötzlich brüllte der Unbekannte, der mich in mein neues Amt berufen hatte:

»Jetzt reicht's!«

Und alle verstummten. Auf der Stelle. Die Fotos hingen wieder reglos da. Nur das eine von dem Mann, der gebrüllt hatte, war auf den Boden gefallen, wahrscheinlich weil es an solche Ausbrüche nicht gewohnt war. Ich wollte es schleunigst aufheben, aber die Kerze erlosch. Danach weiß ich nicht mehr genau, was passierte. Ich erinnere mich vage daran, dass meine Wange den feuchten Kellerboden berührte, und an einen überaus heftigen Migräneanfall, es war wie Keulenschläge auf den Kopf, von den Schläfen bis ganz oben auf den Schädel.

Kapitel 26

Ich weiß nicht, wie es dazu kam, dass ich am nächsten Morgen auf meinem Bett saß. Das Licht, das durch die Schächte drang und die Geräusche von draußen ließen mich vermuten, dass es noch früh war und ein Wochentag. Daniel saß mir gegenüber auf einer Kiste. Sie wissen ja, was er für mich bedeutet. Ich kenne ihn seit eh und je. Als Kinder hatten wir zusammen ein Zimmer. Es gibt niemanden auf der Welt, den ich so gut kenne wie ihn. Nun, ich kann sagen, dass ich ihn noch nie mit so düsterer Miene gesehen hatte. Er war nicht wiederzuerkennen, wirklich nicht.

Ich konnte ihm nicht sagen, was ich innerlich dachte, ich habe es nicht über mich gebracht: »Mein kleiner Daniel, dir geht es nicht gut. Möglicherweise wirst du mir gleich erzählen, dass du dich zum dritten Mal scheiden lässt. Du solltest was für dich tun, einen Psychoanalytiker aufsuchen, jemanden, der dir hilft …« Und da er immer noch schwieg, was bei ihm völlig unüblich ist, habe ich es mit einer auflockernden Frage versucht:

»Was tust du denn hier so früh am Tag, mitten in der Woche?«

Sie glauben nicht, was er geantwortet hat!

»Also hör mal, ganz ehrlich, du siehst schlecht aus. Du kannst nicht in diesem Keller bleiben. Wenn du so weitermachst, wirst du krank.«

»Es geht mir bestens, wirklich. Ich finde im Gegenteil, dass *du* nicht gut aussiehst.«

»Ehrlich, mein Lieber, ich fürchte, du hast nicht kapiert, warum ich hier bin. Ich bin gekommen, um dich aus diesem feuchten Loch herauszuholen, weil es dir miserabel geht, auch wenn du es nicht zugeben willst.«

»Mir geht es hervorragend, sag ich dir! Wie ich aussehe, ist mir egal. Und mein Keller ist kein feuchtes Loch. Ich lebe hier, weil ich mich hier wohl fühle. Ich kann kein Licht mehr ertragen, das ist alles. Das ist doch mein gutes Recht, oder? Du warst doch immer ein großer Verteidiger der Freiheit, du wirst mir doch nicht verbieten wollen, in einem Keller zu leben unter dem Vorwand, dass die meisten Leute nicht in ihrem Keller leben! Und außerdem kann ich diesen Keller nicht verlassen, eh ich meinen Auftrag erfüllt habe.«

»Was denn für einen Auftrag? Was erzählst du denn da?«

»Der Auftrag, den der Typ auf dem Foto mir erteilt hat. Er hat mich beauftragt, die Erinnerungen aller anderen, die hier hängen, zu sammeln und der offizielle Sachwalter, der Hüter dieser Erinnerungen zu sein, damit man sie in Heimsdorf nicht vergisst.«

In dem Augenblick hat er mich besonders blöd angeschaut; er hat mich gezwungen, Klartext zu reden, so aggressiv, wie ich es ihm gegenüber noch nie getan hatte:

»Ich weiß. Du hast Mühe zu verstehen, worum es sich bei dieser Art von Auftrag handelt, wo du doch alles immer in fertige Schubladen packst. Du warst nie in der Lage, die Geschichte von Heimsdorf zu erspüren ohne deine perfekt eingestellte Beleuchtung. Als ob Heimsdorf eine Theaterbühne wäre! Aber das musst du dir ein für allemal merken: *Ich* habe das Licht nie besonders gemocht, und seit ich mit den Männern auf den ganzen Fotos hier lebe, kann ich überhaupt kein Licht mehr ertragen. Denn sie, sie haben schon lange vergessen, wie Licht überhaupt aussieht!«

Er sah immer verdutzter aus. Den Gesichtsausdruck hatte ich noch nie an ihm gesehen. Dann habe ich gebrüllt, weil ich dachte, vielleicht würde er dadurch wieder normal werden:

»Nur in Kellern kann man das Wort der Toten aufnehmen. Die Lebenden mögen das Licht viel zu sehr. All das weißt du natürlich nicht, ich will dich nur daran erinnern, dass hier der offizielle Verwahrer der Erinnerungen all dieser armen Kerle zu dir spricht. Ich verlange, ja, ich bestehe darauf, dass du aufhörst, hier Nervensäge zu spielen, du kannst mich mal!«

Daniels Blick schweifte kurz über die Fotos, dann sah er mich lange wortlos an. Danach stieg er die Holztreppe hinauf, ließ aber die Falltür offen. Erst jetzt wurde mir klar, dass er nicht allein gekommen war. Ich hörte ihn mit zwei Leuten herumdiskutieren, die in der Küche auf ihn gewartet hatten. Ich habe die Ohren gespitzt und Bruchstücke der Unterhaltung mitgekriegt.

»… er will nicht … wir können ihn nicht zwingen … versuchen Sie es noch mal …«

Danach hat er durch die Falltür heruntergeschaut und in flehendem Ton gesagt:

»Hör zu, mein Lieber, es geht dir wirklich schlecht, glaub mir! Du solltest mit mir mitkommen. Wirklich. Ich will nur dein Bestes. Du solltest mir vertrauen. Ich respektiere deine Ideen, aber du musst heraus aus diesem Loch.«

Ich kann es nicht ertragen, wenn man meinen Keller als Loch bezeichnet. Seit man mir den Auftrag erteilt hat, ist der Ort, wo die Gespenster dieser Männer Zuflucht gefunden haben, ein Tempel geworden, der Tempel der Erinnerung von Heimsdorf. Es ist ein Affront gegen die Seelen derer, die sich darin aufhalten, diesen Ort als feuchtes Loch zu bezeichnen. Ich habe gepackt, was gerade in Reichweite war. Es war die mit Schnaps noch halb gefüllte Limonadenflasche. Mit aller Kraft habe ich sie in seine Richtung geworfen. Er ist gerade noch ausgewichen und die Flasche ist an die Küchendecke geknallt. Ein Teil der Glasscherben ist bis auf die Treppenstufen gespritzt. Dann hat er das Haus mit seinen Gefolgsleuten eilends verlassen. Unmittelbar, bevor er die Tür hinter sich zuknallte, rief er:

»Du bist völlig meschugge!«

Dann habe ich gehört, wie sie sich über den Hof entfernten.

In der Küche roch es nach Mirabellenschnaps. Erst in diesem Augenblick wurde mir klar, dass ich eine erst am Vorabend angebrochene Flasche zerschmettert hatte. Ich war außer mir vor Wut darüber, dass es just diese Flasche war, meine letzte Flasche Mirabellenschnaps, die mir in die Hände geraten war. Aber dann fiel mir ein, dass ich hinter den Marmeladegläsern eine weitere Flasche versteckt hatte: eine Flasche Kirschwasser. Ein sehr gutes Kirschwasser.

Kapitel 27

Es war in der Tat hervorragend, dieses Kirschwasser. Heute Morgen bin ich mit völlig klarem Kopf aufgewacht, was nicht immer der Fall ist nach Abenden mit Schnaps. Körperlich fühle ich mich immer kränker, und das an Stellen, die sich bis dato noch nie gemeldet hatten, aber geistig und spirituell erscheint mir alles wunderbar einleuchtend. Beim Aufwachen war meine Weltsicht so ungetrübt, dass ich mir Grundsatzfragen gestellt habe, die mir bislang noch nie durch den Kopf gegangen sind. Zum Beispiel folgende: Wie kommen Ideen zustande, wie fügen sie sich aneinander und zum Schluss ineinander, als ob sie schon bei ihrer Entstehung dazu bestimmt gewesen wären, gemeinsam zu existieren.

So habe ich – völlig grundlos – wieder einmal an Jimmys Beerdigung gedacht. Nach der Trauerfeier hatten sich alle seine Freunde in seiner Lieblingskneipe getroffen und hatten Cynar getrunken. Es war für mich eine freudige Erinnerung, und dabei kam mir die Erkenntnis, dass es überaus wichtig ist, den Abgang richtig vorzubereiten, wenn man sein Leben als erfolgreich ansehen will.

Was mich betrifft, ich habe es schon angedeutet, so sind die schriftlich festgelegten Modalitäten meines Begräbnisses seit Jahren in Arbeit. Heute Morgen wurde mir bewusst, wie entscheidend es ist, den Ort festzulegen, an dem sich die Gäste nach der Trauerfeier treffen sollen. Ich weiß seit langem, was am passendsten wäre, aber ich mache mir Sorgen, denn der Saal ist sehr gefragt. Ich habe zur Probe die für diesen Raum zuständigen Leute angerufen. Da wurde mir bestätigt, dass er im kommenden Jahr praktisch jeden Tag ausgebucht ist, aber in vier Tagen sei er ausnahmsweise mal frei, weil die an diesem Tag vorgesehene Hochzeitsfeier abgesagt wurde.

»Sie haben sich scheiden lassen, noch bevor sie geheiratet haben!«, wurde mir erklärt.

Sofort habe ich unter irgendeinem Vorwand den Saal gemietet. Der Tag T, der Tag meiner Trauerfeier, das wird also in drei Tagen sein. Vielleicht stehen Sie ja auf der Gästeliste.

Mir wäre lieber gewesen, ich ginge mit dem Gefühl, meine Pflicht erfüllt zu haben. Mir wäre lieber gewesen, ein Werk zurückzulassen wie zum Beispiel die endgütige Fassung meines Stücks *Oradour*, das als Skizze in meinen Kartons liegt. Das hätte mein Gefühl gemildert, dass ich die Männer an der Wäscheleine verrate. Bis zu dem Moment, als ich den Saal gemietet habe, schien mir, dass es ein Akt der Feigheit sei, sich »das Leben zu nehmen«. Ich würde also als Feigling sterben, ich, der so oft nachgegrübelt hat über die eigene Fähigkeit zum Heldentum, falls historische Umstände es verlangt hätten. Aber seit ich den Raum gemietet habe, scheint mir diese Art, den Vorhang fallen zu lassen, nicht weniger ehrenhaft als jede andere. Ich finde es sogar besser, auf diese Weise zu verschwinden, als während der Nachrichten auf einem Sofa vor dem Fernseher für immer einzunicken – auch wenn sich dieses Szenario in meinem Keller eher nicht ereignen kann …

Ich habe gewartet, bis es dunkel wird und die Straßen von Heimsdorf menschenleer sind, dann habe ich die Falltür geöffnet. Ich bin ein letztes Mal zum Bienenhaus gegangen, wo ich mich einen Moment aufgehalten habe. Dann habe ich den Weg eingeschlagen, der um das Dorf herumführt. Jetzt wandere ich in Richtung Berge. Eben bin ich am alten Kirschbaum vorbeimarschiert.

Man wird drei Umschläge unter meinem Bett im Keller finden. Einen für Daniel. Im Brief entschuldige ich mich bei ihm, vor allem wegen der Flasche Mirabellenschnaps, die ich auf ihn geworfen habe, wo er doch mein Bestes wollte. In diesem Umschlag befinden sich auch die Listen, die für die Abwicklung der Feier unbedingt nötig sind: Einladungen, Getränke, Essen, kleines Programm. Diese Listen habe ich während meines letzten Tages im Keller zu Ende gebracht. Der zweite Brief ist für Monsieur Jemand bestimmt. Der Anfang lautet folgendermaßen: »In Afrika heißt es, dass es ein ganzes Dorf braucht, damit ein Kind erwachsen werden kann. In meinem Fall haben Heimsdorf und seine Gespenster mich bis zum Schluss daran gehindert, die Sonne zu sehen, und dies trotz meiner über 100 Sitzungen bei Ihnen am Dienstag Morgen zwischen elf und halb zwölf.« Der Rest ist streng vertraulich, denn wie jedermann habe ich das Recht, Geheimnisse in den Koffer meiner letzten Reise zu packen.

Der dritte Brief ist für meinen Sohn Nicolas. Es würde mich wundern, wenn er sich für meine Beerdigung frei nehmen könnte, aber ich bin sicher, dass Daniel ihm den Brief übermitteln wird. In einer ersten Fassung habe ich ihm vorgeworfen, mir während all dieser Jahre den Rücken gekehrt zu haben. Ich habe sie zerrissen, denn ich finde es absurd, jemandem Vorwürfe zu machen, vor allem, wenn es der eigene Sohn ist, kurz bevor man sich endgültig verabschiedet. Ich denke, das war richtig so. Also habe ich ihm eine Art Entschuldigungsbrief geschrieben, in dem ich gestehe, dass ich der Situation vermutlich nicht ganz gewachsen war. Vor allem wünsche ich ihm, aus der Tiefe meines Kellers, dass er ein guter Vater wird, falls er eines Tages einen Sohn haben sollte. Ich habe versucht ihm zu erklären, dass es nicht leicht ist, ein Vater zu sein, wenn man nie ein Sohn war. Ich weiß nicht mehr genau, wie ich es formuliert habe. Als Postscriptum habe ich geschrieben, dass er als Erbe des Hauses seiner Vorfahren die Aufgabe habe, es zu hegen und zu pflegen. Ich wollte ihn auch bitten, das Bienenhaus nicht verfallen zu lassen, aber ich glaube, das habe ich vergessen.

Die Küchentür habe ich abgeschlossen. Ich weiß nicht, warum. Diese Tür hatte ich immer offen gelassen. Aber es beruhigt mich, den Schlüssel in meiner Hosentasche zu spüren. Ich frage mich, wie diejenigen, die mir jeden Tag Lebensmittel bringen, wohl reagieren werden, wenn sie vor verschlossener Tür stehen. Wahrscheinlich werden sie um das Haus herumgehen und mich durch das Kellerfenster rufen. Sie werden denken, ich sei irgendwo unterwegs und werden die Kiste vor der Tür abstellen. Erst am folgenden Tag, wenn sie merken, dass sie noch immer da steht, werden sie sich Sorgen machen. Dann schlagen sie eine Fensterscheibe ein, wundern sich, dass die Falltür am helllichten Tag offen steht und steigen hinab in den Keller. Also werden meine drei Briefe erst übermorgen entdeckt.

Vielleicht habe ich die Tür abgeschlossen, weil ich fürchte, die Männer der Fotos könnten mich verfolgen. Sie hatten so große Erwartungen an mich, sie waren überzeugt, dass man einem Kerl vertrauen kann, der beschlossen hat, sich im Keller seiner Vorfahren lebendig zu begraben. Aber ich habe hinter jedem Blick den heftigen Vorwurf gespürt, als ich mich einzeln bei ihnen verabschiedet habe. Ich habe versucht, für jeden ein persönliches Wort zu finden, das mit seinem Schicksal zu tun hatte. Das hat nicht genügt. Meine Worte schwankten wie das Licht, das die Kerze auf ihre blassen Gesichter warf.

Beendet habe ich meinen Abschiedsbesuch vor dem Foto ihres Wortführers, vor dem Mann, der mir den Auftrag erteilt hatte, ihr Andenken zu verteidigen. Er wartete schon auf mich. Ich war überzeugt, er würde mit seiner Stimme aus dem Jenseits zu mir sprechen. Ich bin längere Zeit reglos und schweigend vor ihm stehen geblieben. Seine vom Fotografen schön retouchierten Lippen rührten sich nicht. Kein Wort kam aus seinem Mund. Bis zum Schluss werde ich den gleichgültigen Blick nicht vergessen, den er unverwandt auf mich gerichtet hielt. Ich hatte keine Wahl mehr, es war an mir zu reden. Zunächst habe ich ihm gesagt, dass der Saal reserviert sei, dass ich es nicht mehr ändern könne. Dann bin ich zusammengebrochen. Lange bin ich schluchzend vor ihm stehen geblieben. Ich zitterte am ganzen Leib. Mein Körper gehörte mir schon nicht mehr.

Jetzt bin ich am Kastanienwald angekommen. Ich mache kurz Station an der Stelle, wo ich einst mit Daniel und ein paar anderen Buben aus dem Dorf ein Baumhäuschen gebaut habe. Die Nacht ist hell, der Mond ist fast voll. Aus meiner Jackentasche nehme ich die drei Fotos, die ich mitgenommen habe. Die drei Fotos, die in der kleinen Nische hingen und die ich mit einer Kerze beleuchtete: mein in Russland gefallener Großvater Theophil, meine Eltern am Tag ihrer Hochzeit, mein Vater mit einem dreijährigen Kind auf dem Schoß. Alle fünf schauen sie mich an und schimpfen mich einen Dummkopf. Ich weiß, dass mich die Männer an der Wäscheleine noch strenger beurteilt haben. Sie haben erklärt, ich sei die perfekte Verkörperung der Feigheit.

Ich bin froh, dass ich vorhin geweint habe, denn jetzt fühle ich mich ganz ruhig. Vielleicht hätte ich in meinem Leben öfter weinen sollen. Ich höre die Stille der Berge. Seltsam: heute Abend spüre ich, dass sie in sich ruhen. Wer sich die blaue Linie der Vogesen als gerade Horizontlinie über einem Ozean vorstellt, weiß nicht, wie sanft ineinander verstrickt diese Berge sein können. In manchen Nächten möchte man sie am liebsten streicheln, diese weichen Rundungen.

Den Saal habe ich reserviert, das ist Tatsache. Aber ist das Grund genug, die Sache bis zum bitteren Ende durchzuspielen? Wenn die Saalvermieter Verständnis dafür haben, dass man eine Hochzeit absagen kann, die schon seit Monaten geplant war, dann werden sie ja wohl akzeptieren, dass auch ein Selbstmord abgesagt oder aufgeschoben werden kann.

Ich habe den Schlüssel. Ich spüre ihn an meinem Schenkel. Es bleiben mir zwei Nächte und ein ganzer Tag, um es mir zu überlegen. Noch kann ich die drei

Umschläge verschwinden lassen. Ich kann aber auch beschließen, dass sie gefunden werden.

Ich bin doch ein freier Mensch!

Die Übersetzung ins Deutsche wurde freundlicherweise gefördert vom Conseil Régional d'Alsace.
Titel der Originalausgabe:
Le gardien des âmes. Roman.
La Nuée Bleue. Strasbourg 2009.
© 2009 by La Nuée Bleue, Strasbourg

Pierre Kretz
Der Seelenhüter
Roman
Aus dem Französischen von Irène Kuhn
1. Auflage in der KrönerEditionKlöpfer
Stuttgart, Kröner 2024
ISBN: 978-3-520-77010-3
Deutschsprachige Erstausgabe:
Klöpfer und Meyer Verlag, Tübingen 2012

Umschlaggestaltung Christiane Hemmerich

Das Werk einschließlich aller seiner Teile ist urheberrechtlich geschützt.
Jede Verwendung, die nicht ausdrücklich vom Urheberrechtsgesetz zugelassen ist, bedarf der vorherigen Zustimmung des Verlages. Das gilt insbesondere für Vervielfältigungen, Bearbeitungen, Übersetzungen, Mikroverfilmungen und die Einspeicherung und Verarbeitung in elektronischen Systemen.

©2024 Alfred Kröner Verlag Stuttgart · Alle Rechte vorbehalten · Printed in Germany
Lektorat: Petra Wägenbaur, Tübingen · Satz: CompArt, Mössingen
Druck: CPI Druckdienstleistungen GmbH, Ferdinand-Jühlke-Straße 7, 99095 Erfurt